アリアドネ・ベルネット
Characters

気弱令嬢に『成り代わった』元悪女

Kiyowa reijou ni
narikawatta
motoakujo

01

[著] 白猫
[画] 八尋八尾

Contents

Kiyowa reijou ni narikawatta motoakujo

01

〔序章〕終わりの始まり

あれは長らくいがみ合ってきた隣国との戦争の勝利を祝う戦勝祝賀会の数日後のことだった。

何の前触れもなく我が伯爵家が属している貴族派と敵対していた皇帝派の皇族や主要貴族の人々が謎の死を遂げたのである。

それも全員がまるで眠っているかのように穏やかな表情で亡くなっていたという。

時間帯は明け方。遺体には赤い斑点が心臓に近い皮膚の一部にまばらに浮かび上がっていたらしい。

皇室騎士団の騎士に押さえつけられながら話を聞かされた私は、なんで？　どうして？と呆然《ぼうぜん》とするしかなかった。

だって、その症状は私がずっと一人で研究していたある毒物を服用したときに起こるものだったから。

同時に頭を過《よぎ》るのは隠し部屋で研究していた毒物が事件前に減っていたこと。

お父様以外に誰にも隠し部屋の場所は分からないように細心の注意を払っていたし、そもそも私はただ一人を死なせることだけを目的として研究していたというのに。

私は持って行った人を信じていたし、まさかこんな大それたことをするなんて思っていなかった。

そして私は持ち出したであろう、その人物に視線を向けた。

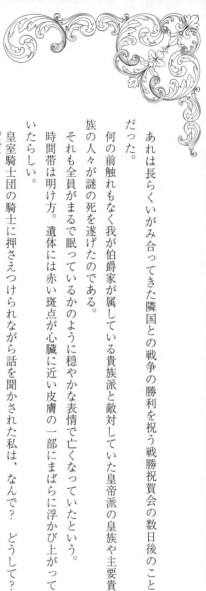

隠し部屋の存在を知っていた唯一の人物であるお父様に。

私と同じように拘束された彼はオドオドとした様子で冷や汗をかきながら下を向いている。態度だけで持ち出したのはお父様だということを確信した。

「アリアドネ・ベルネット」

何の感情も籠《こ》もってない抑揚のない声に私はすぐさま我に返った。

お父様に向けていた視線をそちらに移す。

そこにはこの世で私が一番恨み憎んでいる男が何かに耐えるかのような表情を浮かべていた。

「クロード……」

先ほどまでは呆然としていたものの、隠し部屋の毒物が減っていたことと亡くなった人の状態を聞いた後だったから皇室騎士団が私を取り押さえた理由ももう察している。

「……姉上」

「その口で姉だなんて呼ばれたくもないわ」

「不快に思われても、たとえ半分しか血が繋《つな》がってなかろうと俺にとってはたった一人の姉です。それに貴女《あなた》が痕跡を残すようなミスをするはずがありません。……今回の件に姉上は関わってはいないのでしょう?」

「……」

クロードの問いに私は何も答えなかった。

答えられなかった。

実行には移していないが、使用された毒物を作ったのは紛れもなく私。

私が作らなければ事件は起きなかったし、誰も死ぬことはなかったのだから。

大体、皇室騎士団が私のところに来たということは貴族派のリーダーであるヘリング侯爵から切られたということ。

すでに私が犯人であるという証拠もでっち上げられているだろうし、やっていないという証明もできない。

それに心配していることもある。貴族派に属しているお父様のことだ。

隠し部屋から毒物を持ち出したのはお父様で間違いない。

きっとヘリング侯爵に命令されて仕方なく実行したのだろう。なんせ一番の信奉者だもの。

役に立ちたいという一心で動いたことは容易に想像ができるし、それが家門のためだという思いもあったのだろう。

だからこそ、ここでお父様まで連れて行かれるわけにはいかない。

「……答えてください」

「連れて行くのは私だけにしてちょうだい。お父様は関係ないわ」

「そうだ！　全部アリアドネが勝手にやったことだ！　一番の被害を受けていたクロードだから身に染みて分かっているだろう？　あの子はお前を殺してベルネット伯爵家の跡継ぎの座を取り戻そうとしていたのだから」

罪を全て私に押しつけるお父様の言葉に私は絶句する。

跡継ぎのクロードを大事にしていたとはいえ、実の娘に対する愛情はあると思っていた。

多少は罪が軽くなるようにと庇《かば》ってくれるかもしれないと淡い期待を抱いていたが、自分の保身に走るとは想像もしていなかった。

お父様の言葉が信じられなくて呆然としていると、クロードが静かに口を開く。

「ええ。俺を憎んでいるのは分かっていますよ。だからこそおかしいんです。姉上の標的は俺一人だけ。俺を陥れるのに他人を利用することは確かにありましたが、どんなときでも周りの人間に被害が及ばないようにしていました。それがたとえ平民であったとしても、です」

「追い詰められて考えを変えただけだ！　あの子のお前を憎む気持ちは軽いものじゃない。私の妻であり、あの子の母親が病死したのは婚外子のお前が家に来て心労がたたったから、だからな。母親を殺された恨みだって持っているに違いない」

違う……私はお母様が病死したのはクロードが原因だとは思っていない。

確かにストレスは感じていたし体を弱くした要因のひとつではあると思うが、クロードが家に来る前から強い方ではなかった。

加えて、肺病になり治療法もなく死は避けられないものでどうしようもなかったことである。

さすがに、それをクロードだけのせいにするほど私はバカではない。

「私はあの子がやろうとしていることを止めようとしていたんだ！　毒物の数が合わなければ思い止まると思っていた！　実行したときのために毒の症状が書かれた紙と解毒剤も持ち出している！　上着のポケットに入っているから取って確認してくれ！」

一人の騎士がお父様に近寄り、上着のポケットから四角く折られた紙と小瓶を取り出すと小瓶をクロードに手渡して騎士は紙を広げた。

紙に書かれた内容を確認した騎士は「今回の症状と一致しています」と答える。

もしかしたら、最初から私を主犯に仕立て上げるために仕組まれていたことだとでもいうのだろうか。

「言った通りだろう？　私は止めようとしたんだ！　被害を食い止めようとしていたんだ！」

「では、どうして戦勝祝賀会のときに助けようとしなかったんですか？」

「国内の貴族が一堂に会する場でそんな大それたことをするなんて思うわけがないだろう！　初動が遅れたのは申し訳ないが、それでも助けようという気持ちに嘘《うそ》偽りはない！

……あ、あとアレだ！　アリアドネに指示されて飲み物に毒を入れた侍女も見つけて拘束してある。今頃、王城でヘリオス殿下が動いていらっしゃるはずだ」

「ハハッ……」

自嘲するような乾いた笑いを私は抑えることができない。

貴族派がたとえ瓦解しようと相打ち覚悟で皇族や皇帝派の貴族の毒殺を優先させた。

その後の帝国を牛耳るために、私が暴走して引き起こしたことだと罪をなすりつけて自分達は助かろうという魂胆だろう。

ベルネット伯爵家はアラヴェラ帝国一の毒の専門家で毒に耐性がある。また、知識が豊富で新たな毒薬を研究している私は罪をなすりつけるのにちょうど良い人物だったに違いない。

盲目的にお父様とヘリング侯爵を信頼して、後継者の座に執着して周りを見ることすらできなかった。

これは私の落ち度だ。利用されて捨てられる駒にすぎないちっぽけな存在。

「……本当に、貴方方《あなた》は今日のために用意周到に準備されてきたのですね。汚すぎて反吐《へど》が出る」

打ちひしがれている私とは反対にクロードは苛立《いらだ》ちを隠すことなく吐き捨てた。

これまで散々、彼の命を狙って罠《わな》にはめようとしていたというのにどうして私を庇うような言動を取るのだろうか。

「本当に……ご自分のことしか考えていないのですね。さすが娼婦《しょうふ》に子供を産ませて男だったからと婚外子を跡継ぎにすると連れてくる人間なだけありますよ。自分のことしか考えていないただのクズ野郎の血が俺にも半分流れているなんて考えただけでもゾッとしますね」

「ち、父親に対してなんて口の利き方だ！　誰が貧民街にいたお前を引き取って良い暮らしをさせてやったと思っているんだ！」

「頼んでませんよ。俺は貧しくても母さんと一緒に居られればそれで良かったんです。貴方に感謝したことは一度もない。ですが、姉上に会わせてもらった点だけは良かったと思っていますよ」

「お前……！」

「ああ、もう結構。続けても同じ話の繰り返しにしかならないでしょう。これ以上、姉上の耳に汚れた言葉を聞かせたくありません。——さっさと連れて行ってください」

なおも喚《わめ》き散らかして文句を言っているお父様を無理やり引きずる形で騎士達は出て行った。

ところで、なぜクロードは私に配慮するようなことを言うのだろう。

好かれるようなことは一切していないというのに。

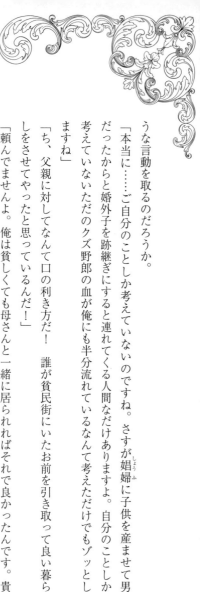

だとしたら考えられることはただひとつ。

「お父様から捨てられた私を憐《あわ》れんでいるのかしら？　ならばその配慮は不要だわ」

「憐れんでなんていませんし、その感情を抱くのは姉上に対して失礼です。姉上がどれだけ努力を重ねて勉強して跡継ぎになろうとしていたのかを俺はずっと見てきました。ただ、跡継ぎに執着する姉上の気持ちを利用していたあの男が許せなかったんです」

「利用……そうね。口では私を信頼していると言っておきながら、最初から愛されてなんていなかったのね」

本当に、私のしてきたことは一体なんだったというのか。

ただ認めて欲しくて……。政略結婚の道具じゃなく、一人の人間として認めて欲しかった。私の能力を家のために使って欲しかった……。

たとえ男子がいたとしても、能力が高ければきっと私を見てくれると信じていた。愛してくれると思っていた。愛して欲しかった。

でも、それは大きな間違い。

これまでの価値観が足下からガラガラと崩れ去っていくような感覚を覚えながら、私の頭は逆に不思議なほど冷静になっていた。

私が十歳のときにクロードが来て跡継ぎから外されて、なんとかその地位を取り戻そうと彼を排除することに躍起になって執着して、こうして道を踏み外してしまった。

望んでもいない毒殺の手助けまでしたことになって、全てが手遅れでどうしようもない。

結局は私もお父様と同じだ。自分のことしか考えていなかった。

どれだけの人を傷つけてしまったのだろうか。今更後悔してもとうに遅い。

許されないことを私はしたのだ。その責任は取らなければいけない。

「今回の主犯は姉上ではありません。ただ毒を作り、それが利用されただけです。俺が姉上の潔白を証明して助けますから」

「……その毒が多くの罪なき人を殺したのよ。勝手に持ち出されたとはいえ、毒を作らなければ起こらなかったことだもの」

「まさか……全ての責任を背負うつもりですか？」

「そうしないと他の貴族は納得しないでしょう？　でも、私一人に押しつけられて終わりだなんて冗談じゃないわ」

「姉上らしい言葉ですね」

ここにきてクロードは初めて表情を崩した。

どこか困ったような、しょうがない人だとでも言うような顔をして口元を緩めている。

今までこんな姉弟みたいな柔らかい空気になったことなど一度もない。

でもなぜか嫌な気持ちにはならなかった。

もしかしたら、私が歩み寄ればクロードとは普通の姉弟のような関係になれていたのだろうか？

などと思ったところで今更意味のないことだ。

「クロード、こちらに来なさい」

私の言葉を受け、クロードが少しばかり距離を詰めてきた。

「もっとよ。耳を貸しなさい」

「首をかっ切られるのはごめんなんですが」

「拘束されているのにできるはずがないでしょう。元よりやるつもりもないわよ。……いいからさっさと来なさい」

やれやれといった風に肩をすくめた後でクロードは私の前に跪《ひざまず》き、顔を寄せてくる。

拘束している騎士にも聞かれないように私は彼の耳元に向かってそっと呟《つぶや》く。

「書斎の東の壁。ドアから二つ目の棚の四段目。右から十三冊目の本を押し込めば隠し部屋に入れるわ。部屋にあるものは燃やして処分してちょうだい。あと、〝へリング侯爵からお父様に宛てた様々な悪事を指示した手紙もあるわ。皇帝派に渡らないように隠し部屋で保管していたのよ。それも好きに使いなさい。解毒剤も使用できる人がいれば使用して成分を調べさせないで。いなければそれもすぐに処分なさい」

「分かりました」

皆まで言わなくてもクロードならこれだけで分かってくれる。

無味無臭で銀食器に反応もせず水分に溶ければ毒は検出されない、遅効性で緩やかに眠るように死を迎えるあの毒はこの世にあってはならない。

摂取した際の症状は残してあったが作り方を書き記したものはなく、私の頭の中だけにしか存在しない。

毒の入った小瓶が少なくなっているのに気付いてから、すぐに在庫は処分してある。

ただ、材料は残っているから作り方を導き出されたら少しばかり厄介だ。

であれば、隠し部屋にあるものを全て処分してしまえばよほどのことがない限り同じ物を作ることはできない。

「最後まで面倒を押しつけてしまうけれど頼むわ。自分の尻拭いも人任せなんて……やはり私は跡継ぎの器ではなかったということね。人の顔色を窺《うかが》って媚《こ》びて生きてきた私が勝てるはずがないのは当たり前だわ……」

「それは違います。姉上は負けてなんていません。俺は貴女に勝ったと思ったことは一度もありません」

「あら、勝者の余裕かしら？　……まあいいわ。どのみち処刑されるのだから、ここで話していても時間の無駄でしょう。早く城の地下牢《ちかろう》に案内してちょうだい」

まだ何か言いたそうなクロードを無視して私は彼から視線を外した。

弱音という名の本音を口走ってしまったことを後悔したのもあるし、別に和解して普通の姉弟のような関係になりたいわけでもない。

だから、最後まで嫌な女で毅然《きぜん》とした姿を彼に見せたいという単純な意地。

それにそういう姿を見せた方が、私が死んだときに残された人達の気も少しは晴れるだろうから。

同情されるような余地を残しておくべきではない。私にできることなんてもうこれしかないのだから。

ああ、でもその前にやることがあった。

「クロード。貴方は屋敷に残って後始末なさい」

「……それは」

「今更逃げようなんて欠片《かけら》も思っていないし、そもそも逃げたところでどこぞの貴族が雇った暗殺者に殺されるだけだわ。覚悟ならもうしているし、処刑までの期間が短いことを願うだけよ」

だから、すぐに隠し部屋の中の物を処分して欲しいと含ませる。

意図は正しく伝わったのか、クロードは悔しそうな表情を浮かべながらゆっくりと頷《うなず》いた。

お父様が屋敷にいない以上、私とクロードまで留守にしたら確実にその隙にヘリング侯爵の手が屋敷に伸びる。

証拠を消されては困るのだ。

「では行きましょうか。暴れないからそろそろ力を緩めてもらえるかしら?」

押さえつけられていた力は緩められたものの、近寄ってきたもう一人の騎士とともに両脇をしっかりと固定されてしまう。

当たり前だが皇族を毒殺した女の言うことなど素直に聞くことはできないらしい。

最後にチラリとクロードを見ると、彼はただ無表情で私を見つめていた。

心の中で『後は頼んだわよ』と呟いて私は玄関を出る。


玄関から外に出ると、すでに皇室の馬車が待機していた。

待っていた騎士の一人が馬車の扉を開けてくれる。

罪人とはいえ貴族令嬢だからか、最低限の礼儀は守ってくれるらしい。

先に別の騎士が乗り込み、次いで私に乗れと背中を押す。

言われなくても大人しく乗るのに……とため息を吐《つ》きながら私が乗り込もうと手を差し出した瞬間、背中にドンッという衝撃を受けた。

「……え?」

すぐに胸の辺りを猛烈な痛みが襲う。

何が起こったのか理解できないまま、全身が何かにぶつかった。

目の前に地面が見えたので、ああ……倒れたのか……と理解した頃には、もう私の意識は途切れて視界は真っ暗になっていた。


こうして私はアリアドネ・ベルネットとしての二十年の短い生を終えた、はずだった。

気弱令嬢に『成り代わった』元悪女

第1章　帰ってきた元悪女

目の前が真っ暗になってどれくらい経《た》っただろうか。

未だに暗いままではあったが、私の意識は徐々に覚醒していく。

そうして今自分はどこかに寝かされていると認識したとたんに猛烈な頭の痛み、次いで体の至るところからの鈍痛が襲ってくる。

ものすごく体が重くて思うように動かせない。

いつもより呼吸がしにくいが、それでも息苦しさから抜け出そうと力を振り絞って大きく息を吸い込んだ。

「……っ!?」

すると私の体が動いたからか、ここにいるだろう第三者が何かにぶつかるような音が聞こえた。

てっきり私しかいないと思ったからこちらも驚いた。

「ア、アリアドネ、様……？」

非常に困惑している女性の声が聞こえた。目覚めることのない人間が目覚めた、みたいな言い方である。

声を出すのも億劫《おっくう》だが、意識を取り戻したことを伝えなければならない。

あれから一体どうなっているのか少しばかりの不安もありながら目を開けた。

最初に私の目に飛び込んできたのは見たことのない天井。

頭を支える柔らかいものと体に触っている布の感触で自分がベッドに寝ていることを理解する。

痛みで頭を動かすのは億劫だったので、目だけを声がした方へ向けるとメイド姿の若い女性が目を見開いてこちらを凝視していた。

……相手の反応を気にしている場合ではない。まずは現状把握が先だ。

「ど、どれくらい経ったの……？」

「え？　あ、あの……」

「どれくらい」

「あの……一週間ほど」

質問にすぐに答えなかったことに苛立ちがこみ上げてくるが、そんなことは今は問題ではない。

随分と長く感じていたが、まだ一週間しか経っていないのか。

死んだと思ったけれど、一命は取り留めたらしい。

でも、倒れたときの状況を考えれば頭と体中の痛みがあるのはどこかおかしい。

衝撃の後に胸の痛みが一番先にあったということは、刺されでもしたはずである。

なのに、その痛みが今はない。

それにこの部屋もだ。ここはベルネット家の屋敷ではないし、王城にもこんな部屋はなかったはずだ。

あのメイドにも見覚えはない。どこか腑《ふ》に落ちない嫌な感じを覚える。

「だ、旦那様と奥様を呼んで来なくちゃ！」

一人であれやこれや考えて現状把握もまだできていないというのに、唯一情報を聞き出せそうなメイドは慌てて部屋を出て行ってしまった。

（それにしても、奥様？　お母様は大分前に亡くなったはずなのに。もしかしてお父様は再婚でもしたのかしら？）

毒殺事件の主犯の親で自分の身を守るのに精一杯だろうに随分と神経が図太いようだ。

本当に自分のことしか考えていなかったのだな、あの人は。

信じていた自分が空《むな》しくなって私は乾いた笑いを零《こぼ》す。

そうこうしている間に扉の前が騒がしくなり、すぐに乱暴に扉が開かれる。

病人なのだから静かに入ってきなさいよ……と呆《あき》れるしかない。

「本当に意識が戻っている……なんて面倒な」

「死んでくれると思っていたのにどうして……」

声の感じからして、部屋に入ってきたのは男性と女性。

部屋に入ってきて早々になんとも酷《ひど》い言葉ではないか。まるで死んで欲しかったような言い方である。

まあ、皇族や貴族を毒殺した人間なのだからその反応も当たり前といえば当たり前か。

それにしても、お父様達を呼びに行くと言っていたのに誰を連れてきたのだろうか。

明らかに今の声はお父様の声ではない。それに女性の声もどこかで聞いたことはあったような気もするが、パッと思い浮かばない。

というよりも、男性の声にも聞き覚えがある。

分からない気持ち悪さと好奇心が勝った私は痛む頭を無理に動かして入り口の方へ向けた。

「…………だれ？」

いや、本当に誰？

帝国の貴族にこんな人がいただろうか。

貴族の名前と顔を網羅している私が知らないなんてありえない。

「何を仰《おっしゃ》っているのですか。こちらはお嬢様のご両親ではありませんか」

「……は？」

両親!?

待ちなさいよ！　私のお父様はこんなに細身で渋みと清潔感のある男性ではないし、お母様はもっと派手なお顔をしていたわよ！

何より、私の髪色とまったく違うじゃない！

これは何の冗談なのか。

衝撃過ぎて考えがまとまらない。

「……どうやら、頭を打った衝撃のせいで混乱しているように見えるな」

「ずっと寝ていてくれれば良いものを……」

「全くだ。しかし、目覚めたのであれば気が進まないが医者を呼ばねばなるまい。……本当に面倒ばかりかける娘だ」

「人の気を引くために怪我《けが》をするなんて本当に家の恥だわ。けれど、呼ばないとあれこれ周りから言われてしまうでしょうし……ちょっと貴女、医者を呼んできてちょうだい」

命じられ、二人に頭を下げたメイドが部屋を出て行く。

残った両親という存在は私に嫌悪感を剥《む》き出しにした眼差しを向けて一瞥《いちべつ》すると足早にその場から立ち去ってしまった。

静かになるから考えをまとめるにはちょうどいい。頭を打ったかは覚えていないが混乱はしている。

しているが、それでもあの二人が私に対して好意的でないことは分かる。

好意的ではないというか、忌み嫌っていると言った方が正しい。

私のやったことを考えればそれは当然ではあるのだが、それにしては嫌い方が軽いような気もする。

何より、あの二人は私の両親ではない。

では誰なのか。

何かの悪戯《いたずら》や驚かせるためのちょっとした性質の悪い冗談だとでもいうのだろうか。

目的が分からない。

何かがおかしい。

この違和感の正体はなんなのか気になった私は、部屋から得られる情報はないかと視線を動かした。

茶色系でまとめられた部屋には必要最低限の家具しか置かれておらず、とてつもなく質素である。

ただの病人を寝かせておくだけの部屋としか思えない。

新聞や何かが書かれた紙があればと思ったが、そういった類いの物は置かれていなそうだ。

「分かるのは倒れてから一週間経っているということだけで、何も分からないじゃないの」

はぁ……とため息を吐いて脱力したまま私は窓から外を見ようと痛む頭を動かした。

「痛っ。……換気のためにも窓くらい開けておいてちょうだい、よ」

外の景色を見ていた私は、ふと窓に映った自分の姿を見て目を瞠《みは》った。

そこに映っていたのは明らかに私ではない誰かであったからだ。

「なんなのよこれ」

反射して映っているのはゆるいウェーブを描き輝きを失っているピンクブロンドの髪、そして生気を失った薄い水色の瞳をした少女。

そう少女だ。見た目は十代前半もしくはもっと下ぐらいのまだ幼さの残る女の子。

寝込んでいたからか不健康そうで、やや痩せ気味ではあるものの整った顔立ちをしている。

「……何を冷静に分析してるのよ。そんなことより、どうして私の顔が違うの。なんでこんな子供になってるのよ。ありえないでしょう。どう考えてもおかしいわよ」

意識は確かに私なのに、窓に映る顔は私ではない。

正気だと思っているけれど頭がおかしくなっているのだろうか。

「どういうことか聞こうにもさっき全員部屋を出て行ったから聞けないし……。もう……他に何か分かる物は置いてないわけ？」

とにかく他の物を見つけて今の混乱を落ち着かせたい。

焦った気持ちでもう少し部屋を観察してみる。

ぐるりと周囲を目で追うと壁に掛けられた盾が目に入った。

そこに描かれている紋章は帝国で知らぬ者はいない家のもの。

あれは確か……アラヴェラ帝国の四大名家のひとつ、フィルベルン公爵家の紋章。

素直に考えれば、ここはフィルベルン公爵の屋敷ということを示している。

「……そういえば、あの二人の顔を見たことがあると思ったらフィルベルン公爵家の三男とカペラ伯爵令嬢の顔に似ていたような……」

でも、あの二つの家が皇帝派に属していたとはいえ婚姻を結んだなどという話は聞いたことがない。

加えてあの二人と同じ顔をした人物に心当たりがないのだ。

まるで彼らが年を重ねた姿と言った方がしっくりくる。

「もしかして、年を取ってる？　まさか、でもそんなことって……」

頭に浮かんだ『もしも』を私は否定する。

現実的に考えて起こり得ないことだ。

いっそ夢だと思いたいが頭と体の痛みがそうはさせてくれない。

紛れもなくこれは現実なのだと突きつけてくる。

（だとしたら私の予想が合ってるかどうか確かめてみましょうか）

痛みに耐えて腕を動かした私は枕元に置いてあったベルを取り、何度か鳴らす。

だが、待てども誰もやって来ない。

あまりの扱いの悪さに苛立ちを隠せない私はベルを持ったまま、近くにあった水の入ったガラスの瓶に遠慮なく叩《たた》きつける。

鈍い音が鳴り、床に落ちた水瓶が割れる音を聞きながら私はどこかスッキリとしていた。

さすがにこの音は無視できなかったようで、遠くから廊下を走る足音が聞こえてきた。

ガチャリと扉が開くと、先ほどとは別のメイドが怒り顔のまま入室してくる。

「うるさい！　あっ何割ってるんですか⁉　仕事が増えるじゃありませんか！」

「貴女の方がうるさいのだけれど。使用人の分際で何様のつもりなのかしら？　そもそも最初のベルで来てれば割る必要もなかったのだけれど？」

「は？　えっ？」

「まあ、そんなことはどうでもいいわ。ところで今って帝国暦何年なの？」

「……なんって生意気な……！　あんたなんて」

「帝国暦何年なの？　聞かれたことだけに答えなさいよ。それともよほど耳が遠いのかしら？　その若さでだなんて可哀想に」

「失礼ね、聞こえてます！」

「じゃあ答えられるでしょう？　それとも私の言ってることが理解できないとか？」

旦那様奥様と言ってる人達が娘だと言っていたのだから今の私は使用人より上の立場の人間だというのに、この失礼極まりないメイドは何なんだ。

立場を全く分かってない。今だって憎らしげに私を見ている。

「早く答えて」

「……………帝国暦百六十四年」

「百六十四!?　百四十四ではなく!?」

嫌な予想というのはどうしてこんなにも当たるのだろう。時は経っていそうとは思っていてもさすがに二十年も過ぎてるなんて誰が思うというのか。

「頭を打っておかしくなったみたいですね。あーそれもそうか。元からおかしかったですもんね。じゃなかったらバルコニーから落ちたりしませんもの」

衝撃で言葉が出てこない私に構わず、メイドは私がバルコニーから落ちたなどと口にした。

私の最後の記憶と全然違う。私はバルコニーから落ちてなどいない。

この人は何の話をしているのか。どうして私がここにいるのだろうか。私は一体誰なのか。

その疑問に答えてもらうべく、私は不安に思いながらも口を開いた。

「では、アリアドネ……ベル、ネットを知っている?」

「当たり前じゃありませんか。アリアドネ・ベルネットを知らない帝国人はいませんよ。二十年前に刺殺された皇族と貴族殺しの大罪人、稀代《きだい》の悪女じゃありませんか」

「じゃ、あ……私は……」

「本当に頭がおかしくなったんですか？　貴女はフィルベルン公爵家の長女、アリアドネ・フィルベルン様ですよ。一体何なんですかまったく。人を呼ぶのに水瓶を割るなんて。……はぁ、これ私が片付けるのぉ？」

ブツクサと文句を言っているメイドの声が遠くに聞こえる。

彼女の言っていることが事実だとするなら、私はとっくに死んでいて悪女として語り継がれているということ。

そうか、あの背中の衝撃と胸の痛みはやはり刺されていたのだな。

やっと謎がとけた。私はあの場で殺されたのだ。

ヘリング侯爵の手の者か、殺された者の怨恨か、はたまた貴族派の仕業か。

だが、今更犯人捜しをしたところで無意味だ。すでに私が死んで二十年も経っているそうだから。

死後二十年も経っていることが事実かどうかは分からないが、それでも確かなことはある。

体の痛みを感じるということはこれが夢ではなく現実であるということ。

そして私がアリアドネ・フィルベルン公爵令嬢の体に入ってしまったということだ。

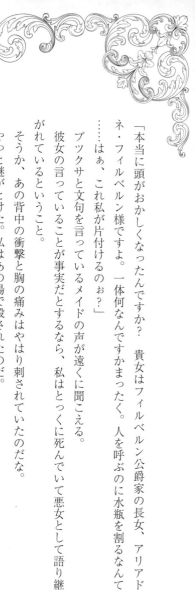

それから少しして医者がやってきて私の診察をしてくれた。

医者の話によると、アリアドネは頭を打って生死の境をさまよっており数日中には死ぬ見立てであったこと。意識を取り戻して回復するのは奇跡であったということだった。

幸いにも骨折はしておらず重度の打撲であり、一ヶ月ほどで回復するだろうということも知らされた。

また、私の言動がアリアドネと違う点については頭を打ったことにより記憶が一部欠落したのだろうということで収まった。


「……暇だわ」

意識を取り戻して、早二週間。

頭と体の痛みはマシになったものの、部屋の外に出て歩き回ることは許可されていなかった。

部屋から出ることができないものだから、私はとてつもなく暇を持て余している。

「話し相手でもいれば違うのでしょうけど、食事を運んでくるのと体を拭いてくれる以外で親はおろか使用人も来やしない。貴女、どれだけ下に見られてるのよ」

問いかけたところでこの体の持ち主が答えるはずもない。

恐らくだが、きっとバルコニーから転落して頭を打ったことが原因で死にかかって仮死状態にでもなったのかもしれない。

そこになぜか私の魂が入り込んでしまった、のではないかというのが私の予想だ。

殺された悪女が再び生き返ったなど、被害者からも遺族からも許されないものだろう。

なぜ生き返ってしまったのか、という罪悪感から逃れたかった私はこの体の持ち主であるアリアドネのことに思考を向ける。

「使用人は必要最低限の世話しかしないけれど、べったりされるのも鬱陶《うっとう》しいからそこは良かったと言うべきなのかしらね」

ゆっくりと体を起こしてベッドから立ち上がった私は高くなった視点で改めて部屋を見回した。

「本当に質素な部屋だこと……。病人のための部屋かと思ったら、この子の部屋だなんて。外に出られるようになったらある程度は整えないといけないわね」

使用人とのちょっとした会話からここがアリアドネの部屋であることを聞いたのだ。

今、視界に入っている家具はどれも私が生きていた時代に流行《はや》っていたデザインのものばかり。

さすがに二十年後も流行っているわけがない。

四大名家の家だからこそ、最新の流行の家具を揃《そろ》えるものだというのにとてもそうは思えなかった。

「どうしてこんなに冷遇されているのか見当もつかないけれど、今日は医者も来ないし夕食までの間にこの子のことが分かる物を探してみましょうか」

痛みもマシになったこのタイミングで私は取りあえず部屋の捜索をしてみようと考えていた。

どうせ使用人が来ることはないのだし、自分の部屋なのだから探しても何ら問題はない。

「さてと、じゃあまずは机の引き出しから探すのが基本よね」

窓際にある使っていたであろう机に近寄る。

一番上の引き出しには鍵穴があり、引いてみるが何かに引っかかり引き出せない。

「大事な物を入れているということでしょうね。まあ、この程度の鍵なら難なく開けられるから別に鍵なんていらないけれど」

厳重なものであれば不可能だが、二十年前の机の引き出しの鍵など比較的簡単に開けられる。

幸い机の上にペーパーナイフがある。

鍵穴の一番奥まで差し込んで少しずつ力を入れる箇所を変えていくと、あるところで手に伝わる感触が変わった。

慎重に作業を続けて行くと、カチリと解錠された小さな音が聞こえる。

引き出してみると、今度は引っかかることなくスムーズに中身と対面することができた。

「……日記帳かしら？　鍵をしてあるから何かと思ったら、これだけ？　けれど、これでこの子のことを知れそうね」

日記帳らしきものには鍵はなく、分厚いそれを私は最初のページから読み進めていく。

書き始めたのはアリアドネが六歳になってから。

この日記は母方の祖母から誕生日プレゼントで貰《もら》ったものらしい。

最初は日常のことを書いていたが徐々に家族の自分に対する態度に疑問を持ち始め、妹が物心ついた頃から内容は悲しいものになっていった。

『十歳の誕生日にお父様から黄色のリボンをいただいた。セレネの後に渡されたのは嫌だったけれど、それでも初めてお父様から贈り物をいただけて嬉《うれ》しい。お揃いのドレスをお願いしたら買ってくれるかな？』

『セレネが私のリボンを欲しがって、ダメだと言ったのに無理やり取って行ってしまった。大事な物だから返してと頼んだのにセレネが泣いてしまってお父様とお母様から怒られてしまった。あれは私の物なのにどうして？　姉だからってなんで我慢しなければならないの？　いっつもセレネばかり優先して私は無視される……私なんて見てくれないんだわ』

『今日は久しぶりにアレスお兄様が学園から戻ってこられたけれど、セレネには沢山のお土産があったのに私にはなかった。ずっとセレネに話しかけて私の方は見向きもしない。話しかけても睨《にら》まれる。私が何をしたっていうの？』

『どうして私がセレネを虐《いじ》めたことになっているの？　ただ、我《わ》が儘《まま》ばかりはダメだって言っただけなのに……。親戚のお茶会でも他の令嬢達から責められてセレネより扱いが悪かった。誰も私の話なんて聞いてくれない』

『十二歳の誕生日だったのに、誰もお祝いしてくれなかった。私抜きで会話していてまるで私なんていないような世界が苦しい。使用人も私にだけ冷たい。あんなに嫌だった名前だけれど、私もアリアドネのような性格であれば良かったのに。何も言えない自分が情けない。アリアドネが羨ましい。悪女を尊敬するなんて言ったら怒られるだろうけど、それでも尊敬してしまう。彼女のように振る舞えたらどれだけ楽だろうか』

『こんなに苦しいのがこれからも続くなんて耐えられない。どうやったら家族は私を愛してくれるんだろうってずっと考えてた。でも、それは無意味なんだって気付いちゃった。気付いてから家族への憎しみが抑えきれない。今も家族が苦しめばいいのにという気持ちがどんどん溢《あふ》れてくる。こんな家に生まれてこなければ良かった。もう疲れた。だから私は消えようと思う』

これが最後のページに書かれていた言葉だった。

十二歳の子供に対してあんまりな仕打ちに日記帳を持つ手に力が入る。

アリアドネが感じていた悲痛な気持ちと、過去の私がお父様に対して感じていた気持ちが重なる。

「貴女の気持ちが痛いほど分かるわ、アリアドネ……。愛されたかったのよね。認めて欲しかったのよね。ちゃんと目を合わせて欲しかったのよね」

目頭が熱くなり、目を閉じて無言で私は日記帳を抱きしめた。

まるで、もういないアリアドネを抱きしめるかのように……。

彼女はもう一人の私だ。悪者になれなかったもう一人の私。

きっと心の優しい少女だったのだろう。蔑《ないがし》ろにされても家族を愛して信じていた。そして疲れ果てて全てを諦めて恨んで人生を終わらせてしまった優しい子。

「確かに褒められたものではないけれど、それでも私のような人間を尊敬してくれてありがとう」

私からは分からないし見えないけれど、どうか私の言葉が届いて欲しい。

私が貴女を見ているし認めているんだということを……。

「……十二歳だものね。余所《よそ》の大人に助けを求める術《すべ》さえ思いつかないわよ」

それでも誰か気付いてくれていたら、という思いがある。

終わってからでは遅いことを私が一番よく理解しているからだ。

「こうして私が貴女の体に入ったのは偶然ではなかったのかもしれない。私なら貴女の恨みを晴らしてあげられるけど、きっと優しい貴女は恐ろしいと感じてしまうでしょうね。だから引っかき回すだけに留めておくわね。そうして貴女の評価をひっくり返して名誉を回復させるわ。それに……再びこうしてこの世界に戻ってきたのだもの、二十年前の責任を取らないと」

それもアリアドネは望んでいないかもしれないが、私がそうしたいのだ。この子のために私は何かをしてあげたい。

二十年前に私が犯した罪が一人の少女を救うことでゼロにならないことは分かっている。いや、何をしてもゼロになどならないだろう。他人の人生を狂わせた罪は許されるものではない。

けれど、何かせずにはいられないのだ。許して欲しいわけではなく、悪女の名を消したいわけでもない。

ただただ己の過ちを分かっているからこそ、その責任を取るべきなのだ。

これは私にしかできないこと。私がやるべきことだ。

だから、借り受けたこの体で罪滅ぼしをするのを許して欲しい。

「ごめんなさい、アリアドネ。貴女の体をお借りするわね」

答える人間はいないが、それでも口に出さずにはいられなかった。

ある意味、これはアリアドネ・フィルベルンとしてこれから生きて行くのだという決意表明である。

心が決まった私は、抱きしめていた日記帳を離してジッと見つめる。

「さすがにこの中身を他の人に読まれたくはないでしょうね。無神経にも軽い気持ちで読んでしまって本当にごめんなさい」

ポツリと謝罪を口にして季節外れではあるが暖炉に火を付けて日記帳を投げ入れた。

火が燃え移り、黒焦げになっていく日記帳の形が消えるまで私はずっと暖炉の中を眺めていた。


それから更に二週間経ち、青あざはまだ残っているもののようやく屋敷内を出歩ける許可が下りた。

「やっと今の帝国の情勢を調べられるわ……。一ヶ月本当に長かったわ。長かったけれど……」

そう言って私は窓の外に視線を向ける。

ずっと部屋にいる状態で一ヶ月。アリアドネの日記に書かれた言葉を何度も思い返していた。

「家族や使用人から無視、というか見てもくれないってのがよく分かった一ヶ月だったわね」

日記には両親、それに兄とおそらく妹のことが書かれていた。

少なくとも三人兄妹の五人家族のはずなのに、誰も彼女を心配して顔を見に来ようともしない。

それだけで、彼女が家族から下に見られていたというのが分かる。

初日に見た彼女の両親の顔からして、どちらかの浮気によって生まれた子供でないことは明らかなほど、この子は二人によく似ていた。

髪色は母親、目は父親譲りといったところだろうか。

だからこそ、ここまで無下に扱われていることが不思議でならない。

「日記を読む限りでは頭が悪いようには思えないし、貴族としての一般常識から外れているわけでもなさそうだし……。この子に何か問題があるとは思えないのよね」

片方の言い分しか見ていないから断定はできないが、現時点では本人にどうしようもないことで何かがあったとしか思えない。

「そもそも争いごとが苦手のようだし……。なんて……ここで一人で考えていても無意味でしょうね。ひとまず書庫にでも行ってみようかしら。貴族名鑑ぐらいあるでしょう」

家族のことはさておき、私が最初にやるべきは今の帝国の情勢を知ることだ。

二十年も経っていれば大分様変わりしていることだろう。

私の死後、クロードがどうなったのかも気になる。お父様は……ずる賢いから上手《うま》く逃げたような気もするがさほどもう興味もない。

「さすがに出入り禁止にまではなってないと思うから目当ての物を探しに行きましょうか」

部屋から出て歩いていれば誰かと遭遇するだろうし、この屋敷が私の記憶の中のフィルベルン公爵家の屋敷と同じであれば部屋の配置は覚えている。

そこまで不安を感じることなく私は部屋を後にした。

部屋を出てまず廊下の窓から階下を眺め、自分の記憶と照らし合わせる。

植えられている樹木と花には見覚えがあるし、屋敷の作りもなんとなく記憶にある。

飾られている調度品の違いはあれど、おそらく同じ屋敷であるという結論に至った。

「で、あれば書庫はこの階の北側にあるわね」

二十年前の毒殺事件で亡くなった先代のフィルベルン公爵は、私の家とは派閥は違ったが、元々皇帝の弟ということもあって、派閥に関係なく貴族と交流があった。

ということで、屋敷に招待されたことが何度かあったのだ。

確か大変な読書家でいつも書庫の本のことを自慢していたのを覚えている。

「三つ目の部屋だとか言ってたわよね。……あ、当たりだわ」

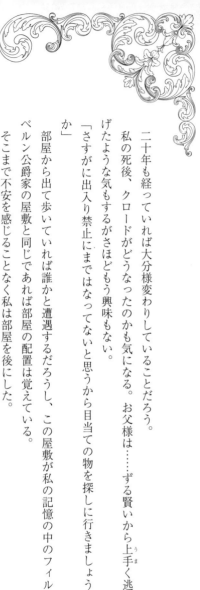

昔の記憶を頼りにここだろうという部屋の扉を開けると沢山の本棚が置かれており、その全てにぎっちりと本が収納されている。

背表紙を見る限り、内容別に分類されているようだ。

これなら目当ての本を見つけるのに時間はかからない。

「さて……帝国の歴史が書かれている本の辺りに置いてありそうだけれど。……これはシールス王国関連の棚、これはハイベルグ王国関連の棚、これはラカン公国関連の棚。なんだかどんどん帝国から距離が離れていってるような気が……。あっ、あったわ」

一番上にアラヴェラ帝国関連の本が二段に渡って収納されているのを見つけた。

そして目当てであった貴族名鑑は真ん中辺りにあった。

近くから脚立を持ってきた私は落ちないように慎重に上り、貴族名鑑を手に取る。

どうせ読んだら元に戻すのだから、ここで読めばいい。

決して下りる手間と戻す手間が面倒くさかったからではない。

「発行されたのは去年だから、まあ最新といってもいいわね。……どうなってるか確認しましょうか」

表紙をめくり、最初のページに書かれていたのは大凡《おおよそ》予想していた通りの人物。

皇帝ヘリオス・レオ・アラヴェラ。

予想通り過ぎて特に驚きもしない。やはり腹黒第二皇子が継承争いを制して玉座に座ったのか。

あの後結婚して皇子と皇女の父親となったようだ。

ということは、彼に付き従っていた一番の側近、相棒でもあったクロードが今も貴族として帝国にいる可能性が高い。

ベルネット伯爵家は貴族派だったけれど、家の反対を押し切って皇帝派に進んで味方したクロード。

彼の先を読む能力は高かったのだな。

「クロード……クロード……クロード……あった。え？　家名が違う？」

指でひとつひとつ名前を探していた私の目には『クロード・アクィラ・リーンフェルト』という文字が映っていた。

リーンフェルト侯爵家は皇帝派で四大名家のうちのひとつ。

他の貴族のところにもクロードという名前は書かれておらず、リーンフェルト侯爵家のクロードのみ。

書かれている生年も年齢もおかしなところはない。

ついでに探してみたがベルネット伯爵家の名前もない。おそらく二十年前に取り潰されたのだろう。

当然ながらお父様の名前もない。

ここから示されるのは、クロードが婿養子になったか養子になったかのどちらかだ。

先代のリーンフェルト侯爵は独身で子供はいなかった。しかも高齢。

二十年前の毒殺事件では被害を受けていなかったはず。

不思議に思いながら読み進めていくと、リーンフェルト侯爵家はクロードの下に私も名前と存在を知っている男性の名前と知らない女性の名前、その下に十一歳のテオドールという少年の名前が書かれていた。

「没年が二人の名前のところに書かれているってことは亡くなっているのね。この男性は確かリーンフェルト侯爵家の遠縁の子供だったはず。女性と年齢が近いことを考えれば、この男女が夫婦と見るのが妥当ね。クロードの妻だったらクロードの下に名前が書かれていないとおかしいもの」

記載がないということはクロードは結婚していないということだ。

確か、この故人の遠縁の男性は病弱で侯爵の仕事ができるような状態ではなかった。だから代わりにクロードを当主において、その男性の子供に後を継がせようとしているのではないだろうか。

つまりクロードは中継ぎ当主、と考えるのが妥当である。

ヘリオス殿下、いやヘリオス陛下にとってクロードは一番信頼の置ける部下であり親友という立ち位置だった。

頭の回転が速く柔軟な考えを持ち、武勇にも優れいくつもの戦いにその力を遺憾なく発揮してきた。

その彼をあの腹黒皇帝が逃がすわけがない。

「生きているのが分かっただけでも良かったと思うべきなのでしょうけれど、まさか四大名家の人間になっていたなんて……。出世したものだわ」

まるで姉として仲の良い弟の現在を喜ぶかのような言葉を発したことに自分で驚く。

生前はあれだけ憎み恨んでいたというのに、随分と勝手なものだと自嘲する。

けれど、生きているのが分かっただけでも良かったとも思う。

悪女の弟としてきっとクロードは白い目で見られてきたことだろう。そんなことに傷つくような柔な精神はしていないだろうが、心のどこかで私のせいで……という気持ちを持っていたところはある。

「四大名家のひとつとなれば、面と向かってあれこれ言う相手もいないだろうし、皇帝はクロードを守ったということかしら？」

いけ好かない皇子ではあったが、彼にも私の後始末をさせてしまった。

敵対していたとはいえ素直な感謝と謝罪の気持ちが自然と出てくる。

だが、感傷に浸っている暇はない。まだ見ておきたいことがあるのだ。

（今後の計画の要だし、どこにいるのかしら？）

貴族名鑑を見ながら、私はある人物達の名前を探していく。

割とすぐに目的の人物達の名前を発見し、そこの家名を見てニンマリと笑みを浮かべた。

「これなら問題なさそうね。……さて、気になっていたことも知れたし、後はサッと名鑑を見て部屋に戻ろうかしら」

ペラペラと流し読みをしていると、大部分の貴族派の貴族は家が取り潰されたり当主が変わったりしており、貴族派のリーダーであったヘリング侯爵家も記載されていなかった。

また皇族は皇帝一家だけとなっており、皇族に一番近い血筋はフィルベルン公爵家のみとなっている。

二十年前の毒殺事件で大分皇族と貴族の数は減っているようだ。

（毒殺事件をきっかけに大きく国が動いたということかしら。貴族派を壊滅に追い込めたことは国にとって良いことだともいえるけれど。でも、それを私が起こしてしまった……）

そうして読んでいくといつの間にかフィルベルン公爵家のページになっていた。

日記に書かれていた通り、両親と兄、妹の五人家族で合っていたようだ。

また、父親の名前はニコラス。やはり彼がフィルベルン公爵の三男だった。

長男、次男の蔭に隠れ、公爵家の名前を盾に大きな顔をしていたが大した功績も残していなかったと記憶している。

毒殺事件で彼の父親である公爵と長男、次男が毒殺され、彼が後を継いだ形だろう。

長男には息子が一人おり、普通は彼が後を継ぐはずだが毒殺事件のゴタゴタでニコラスが奪ったのかもしれない。

それにしても、だ。

「アリアドネ・フィルベルン。どうしてこの子は『ルプス』が付いていないのかしら？　皇帝の直系と四大名家の当主家族は間に家門の別名が入るはずなのに」

「それはお姉様がフィルベルン公爵家の一員として認められていないからよ」

突然現れた第三者の声に私は体をびくつかせた。

恐る恐る下を見ると、銀に近い金髪にアンバーの瞳をした、アリアドネの顔とどこか似ている少女が侍女を引き連れて生意気そうな顔をして突っ立っていた。

屋敷にいて侍女を侍《はべ》らせているアリアドネより年下の少女。

彼女が妹のセレネで間違いないだろう。

可愛らしい顔立ちではあるが、愛されているからか自信たっぷりな様が鼻につく。

この世で周りの人間の愛情は全て自分のものと信じて疑わない、そういった態度である。

ハッキリ言って私の嫌いなタイプの人間だ。

「ちょっと、どうして下りてこないの？　セレネが来たんだから下りて挨拶するべきでしょう。頭を打って寝込んでたっていうけど、打ち所が悪くてそれも忘れちゃったの？」

礼儀を求めるなら妹の貴女が姉の私にするべきなのでは？

大体、姉に対する言葉遣いが全くなっていない。

クロードですら、礼儀正しく接してくれていたというのに。

「何で何も言わないのよ！　セレネのことバカにしてるんでしょ！」

まったくもってその通り。

話したところで会話にならなそうだし、バカと話なんてしたくない。

「バルコニーから落ちて少しは静かになったのかと思ったのに、全然変わってないじゃない！　生意気！　生意気！」

生意気なのは貴女でしょうに。

何なの、この生き物？　同じ人間？　子供の頃の私だって相手に対する礼儀くらいわきまえていたわ。

人格者で優秀なことで知られていた先代のフィルベルン公爵と嫡男達の血縁とは思えない。

「どうせ、また礼儀がなってないとか口が悪いとか貴族令嬢らしく静かにしなさいとか言うんでしょ!?　お父様もお母様も何も言わないのに、どうしてお姉様にそんなこと言われなきゃいけないのよ！」

もう開いた口が塞がらない。

フィルベルン公爵夫妻は子供の教育を完全に間違えている。

このまま修正せずに社交界にデビューさせるつもりなのだろうか。

もしくは大人になれば落ち着くとでも思っているのだろうか。

礼儀やマナーなんて子供の頃から学んでおかないと短期間で身につくものではないというのに。

「それともリボンのことまだ根に持ってるの？　セレネが欲しくなっちゃったんだから仕方ないのに、いつまでも言うなんてお姉様なのに心が狭すぎるわ」

アリアドネは初めての贈り物にあれだけはしゃいで日記に書いていたのに、それを奪っておいてなんて言い草だ。

我が儘で生意気なセレネの言葉につい我慢ができなくて大人げなくジロリと彼女を睨みつけた。

高所からの睨みが余計に怖かったのか、彼女は急に怯《おび》えて涙目になっている。

「お姉様が怒った……。セレネ何もしてないのに……。リボン返してって、セレネには似合ってないってバカにした……。貴族令嬢に見えないって意地悪言った……」

「セレネ様は立派なご令嬢でございます」

「そうです。根暗で陰湿なアリアドネ様の言うことなど真に受けてはいけません。セレネ様が正しいのですから。旦那様に今のことをお知らせすべきです」

「そうよね……セレネが正しいんだもんね。お姉様が間違ってるんだから怒ってもらわないといけないよね？」

「その通りです。早く旦那様の元に参りましょう。いつまでもここにいては陰気が移ってしまいます」

「……うん！」

そう言ってセレネはキッと私を睨みつけてきた。

「学園から帰ってきてるお兄様にも言うから！　お姉様は後ですっごく怒られることになるんだからね！」

恐怖からは脱したのか、侍女の言葉にすっかり気分を良くしたセレネは父親と兄に告げ口するためにさっさと書庫から出て行った。

嵐のような今の時間を思い返して私はため息を吐く。

そしてひとつ言わせて欲しい。

私、一言も発していないのだけれど？？？

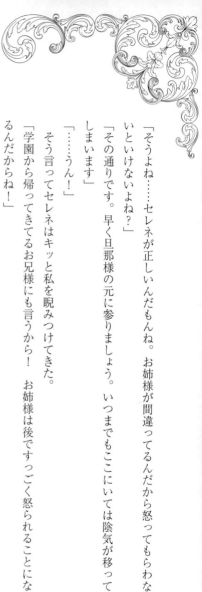

〔第2章〕元悪女の準備運動

書庫で情報収集を終えると、すでに外は薄暗くなっていた。

「食事はどうするのかしら？　いつもなら部屋に持ってきていたけれど、部屋の外に出る許可が出たのだから食堂に行っても問題はないわよね？」

家族から蔑ろにされているとはいえ、さすがに食事の席がないということはありえないだろう。

使用人達も必要最低限の世話はしているし、突然食堂に行ったとしても一食分くらいすぐに用意できるはずだ。

「学園に行ってる兄も帰ってきているみたいだし、顔を確認しておきたいわね」

先ほどのことをセレネから告げ口されていれば、きっと叱責が飛んでくる。

アリアドネにとっては単身で敵地に赴く気持ちだろうが、私は違う。

「まずは軽く挨拶でもして差し上げましょうか」

ニヤリと笑った私は食堂へと足を進めた。

途中で数人の使用人とすれ違ったが、反応は様々であった。

横目で見て無視する者、こちらを一切見ずに無視する者、驚いた様子で食堂方面へと向かう者。

食堂の正しい場所は分からなかったため、その内の一人に食堂まで案内するように命じると自分で行ってくれと返された。

なので、立ち去ろうとする彼女の腕を摑《つか》み動きを止めて強めに案内しろと口にすると、嫌々というか渋々といったように案内された。

「……こちらです」

忙しいのに何なのよ、という彼女の言葉を無視して私は食堂のドアを開ける。

さすが公爵家。食堂の広さも豪華さもベルネット伯爵家と段違いだ。

どうやら私が一番に来たようで他の家族の姿はない。

(さて、どこに座ろうかしら？)

思案していると、食堂にいた執事がある場所の椅子を引いて待っていた。

そこが私の席らしい。

椅子に腰掛けるとすぐに食事が運ばれてくる。

目の前に置かれた野菜の切れ端で作ったようなスープを見た私はすぐに顔色を変えた。

「……これは何かしら？」

「アリアドネ様のお食事でございます」

「ふざけているの？　これのどこが食事なのよ。医者からはもうほぼ完治したと言われているのに病人食を出すなんてどうかしているわ」

「何を仰っているのですか？　アリアドネ様のお食事はいつもこのようにしておりましたし、それに関して今まで何も仰っていなかったではありませんか。それにそのように強い口調でお話しされることもなかったと思いますが、一体どうされたのです？」

私の言葉に執事は狼狽《うろた》えている。

確かにアリアドネは気が弱く優しい性格だったから、私の口調はさぞや違和感があるだろう。

それはそれとしても仮にも公爵令嬢にこの食事はありえない。

こんな扱いをされていい子では決してない。

けれど、アリアドネにとってはこれが日常だった……、と思うと言いようのない怒りがこみ上げてくる。

「家族と同じ料理を持ってきなさい」

「ですが、旦那様より仰せつかっておりますので」

「何を騒いでいる」

ちょうど良いところに来てくれた、と私は食堂に入ってきた屋敷の主《あるじ》であるフィルベルン公爵に視線を向ける。

ムスッとして機嫌が悪そうな彼は私を一瞥すると執事と目を合わせた。

私を言い負かせられる相手が来たことにどこかホッとした様子の執事はすぐさま口を開く。

「それが……アリアドネ様が食事を皆様と同じ物に変更しろと仰いまして」

「なんて贅沢《ぜいたく》な……。食事が出てくるだけでもありがたいというのに」

「私はフィルベルン公爵家の娘でしょう。食事が出てくるのは当たり前のことですし、家族間で差があるのはおかしいじゃありませんか。それにしても、育ち盛りの子供にこんな貧相な食事を与えるのが公爵家の育て方なのでしょうか？」

「なっ⁉　何だ！　その言い方は！」

「それとも私はこの家の娘ではなく、養女なのでしょうか？　だから他の兄妹と差別しているのですか？」

アリアドネの見た目からいって養女なのはありえない。

分かっていて、相手を挑発する言葉を敢《あ》えて選択する。

意外と単純な性格なのか、公爵は下に見ている娘から反撃されて分かりやすく表情をゆがませている。

「お、お前は！　いっそ血が繋がってなかった方がどれほど良かったかと何度考えたことか！　大体、自分が何をしてきたか反省もなく生意気なことを！」

「何をしたのでしょう？　詳しく教えてくださいませ」

「セレネを虐めているだろうが！　今日だってあの子に酷いことを言って泣かせたじゃないか！　どうして妹を可愛がってやれない⁉」

「妹を虐めていたから差別していると？　ならばなぜ私が妹を虐めていると思われるので

すか？　その原因はどこにあるとお思いですか？」

「自分よりも優秀なあの子が妬《ねた》ましくて仕方がないからだろう！」

「馬鹿馬鹿しい」

あまりの理由に呆れかえって吐き捨てた。

人に責任を押しつけるのが大人のやり方か。

悪女の私でも自分を省みることができたというのに、情けない人だ。

「馬鹿馬鹿しい、だと？」

「ええ。そう口にしました。まず、妹に嫉妬しているから私を叱りつけるという対処がそもそも間違っています。お父様とお母様がすべきだったのは姉として私を立てて心に余裕を持たせることではなかったのですか？」

「そんなことをすればお前は調子に乗ってセレネを虐めるだろう！」

「そう言って責任を私に押しつけておりますが、結局は妹と私を平等に扱わないから起こることでしょう。つまり、お二人の躾《しつけ》が間違っているという結論になりますね。あと最後に言っておきますが、私はセレネを虐めておりません。一般常識の注意をしただけです」

なぜ大の大人に私がここまで言わなければならないのだ。

四大名家の息子として育てられたのなら知らなくても気付きそうなものなのに。

「話をすり替えるな！　お前こそ親に責任を押しつけているだろう。大体一般常識の注意じゃないからセレネが泣いているんじゃないのか⁉　妹を泣かす姉に対して扱いに差が出るのは当然のことだ」

「それはセレネが甘やかされて育てられた上に泣き虫なだけです。同い年の令嬢を見て差があるとは思わないのですか？　このままの性格で本当に社交界デビューさせられると思っていますか？　もう少し世間というものを教えるべきだと思いますが？」

「あの子はお前より傷つきやすい繊細な子なんだ。まだ十一歳のあの子に耐えられるはずがない。それにセレネには帝国一の教師をつけている。お前が出しゃばる必要などない」

あの子、もう十一歳だったのか。精神年齢は五歳程度じゃなかろうか。

繊細とは言っても、それでも教育の仕方はあるだろうに甘やかすのが愛情だとでも思っているのだろうか。

それにしても教師を付けていてアレだとは……。もう生まれついての我が儘娘ということになるのだが？

「これは差別ではなく必要な区別だ。お前が改心しない限り対応を変えることはない」

「つまり、食事の違いや部屋の家具のこと、使用人達の態度も含めて……ということでしょうか？」

「当たり前だ」

「それだと納得がいきませんのよ」

「納得？」

何を言い出すんだとでもいうような目で公爵は私を見てくる。

家族から蔑ろにされている理由が『妹を虐めていた』だけだと納得できないほどの差別なのだ。

日記にもセレネが物心つく前から家族の自分に対する扱いに疑問を持っていた様子が書かれていたから、妹を虐めていたから今の扱いになったとは考えられない。

むしろ生まれたときから嫌われていたと考えられるし、その理由もある。

「納得できないのは妹を虐めていただけでこのような差別を受けることについてです。それ以前から私の扱いに疑問を持っていました。ですが、今考えて納得する理由に思い至りました。セレネを虐めていた……それは後付けの理由でしかありません。私に『アリアドネ』という名前を付けたことから分かるように、生まれたときから私を嫌っているのでしょう？」

私の言葉に公爵がハッと息を呑《の》む。

何年経っていたとしても稀代の悪女と同じ名前を付けることは普通の人間ならしない。

現に貴族名鑑には二十歳以下の女の子に同じ名前は見当たらなかった。

よって、生まれたときから嫌われていたと考えるのが一番自然だ。

血の繋がりがあることは先ほどの公爵の言葉から確認済み。母親ゆずりの髪色だから父親の愛人の娘ということはないだろう。正真正銘の実の娘であることは確かだ。

だとするなら、ここまで嫌われる理由が分からない。

「ただ生まれただけの私に何の責任があるというのですか？」

「…………お、お前を産んだせいで、妻は体調を大きく崩して生死の境をさまよった。その記憶が精神的な苦痛を私達に与えて当時を思い出させるのだから、お前の責任だろう！」

また随分と突っ込みどころの多い返答ではないか。そんな理由で私が黙ると思ったら大間違いだ。

「その割には私とセレネは年子ですよね？　生死の境をさまよったというのにお母様の体を気遣うことすらしなかったとは……。精神的苦痛から回復するのが随分とお早いのですね」

痛いところを突かれたのか、堪忍袋の緒が切れた様子の公爵は大きく手を振りかぶった。

叩かれてアリアドネの顔に傷を付けるわけにはいかない。

公爵の手が頬に当たる前に私はお辞儀をするようにテーブルに顔を近づけた。

後頭部の上で公爵の手が空振りし風を切る音が聞こえる。

顔を上げて少し後ろを見てみると、体勢を崩した彼は私の座っている椅子の背もたれにもたれかかっていた。

無様なことこの上ない。

「なおも叩こうとするのであれば、叩かれた顔のまま街に買い物に出かけますわね」

「なに、を」

「腫れた頬を隠しもせず出歩いて、知り合いに会ってどうしたのか聞かれたら『アリアドネ』という名前をどうして付けたのかと聞いたら叩かれた、とお答えしましょうか」

「家の名前に泥を塗るつもりか!?」

「泥を塗られるのは家ではなく、お父様ですわ」

恥をかくのは公爵だけで、私は完全な被害者だ。

ここで私に手を出したら自分に被害がくるということを認識させなければいけない。

第一声が家の名前に泥を塗るのか、ということは自分の行動が恥ずべきことだという自覚があり大層プライドが高いと思われる。

プライドの高い人間のコントロールなどいともたやすい。

公爵はこれで大丈夫だなと思い、私は執事に向かって口を開く。

「ということで、家族と同じ食事を持ってきなさい」

どうすればいいのか分からない様子の執事は公爵に視線を向けるが、彼は一言「……そうしろ」とだけ言って自分の席に移動した。

彼はこれで終わらせたつもりだろうが、私はここで終わらせる気は一切ない。

「お父様、部屋の模様替えがしたいので明日街に買い物に出かけますわね。あとドレスも」

「…………勝手にしろ」

「ありがとうございます」

満面の笑みを浮かべて感謝の言葉を述べると、公爵はそんな私の笑顔を不気味そうに見ていた。

少しして私の料理が運ばれてきたのと同じタイミングで食堂に家族がやってくる。

彼らは私の食事が自分達と同じなことに首を傾《かし》げていたが、公爵が咳払《せきばら》いしたことで特に話題に出すこともなく各々《おのおの》食事を始めた。

途中で普通に食事をして同じ料理を食べている私を不思議に思ったセレネが口を開く。

「お父様。どうしてお姉様のお食事が私達と同じなのですか？　今日の書庫のことを聞いたでしょう？」

「その通りです。セレネを泣かせたというのに、罰を与えないなんて……」

「またセレネを泣かせたのですか⁉　あれだけ言われているのにどうして学習しないんだ……」

口々に文句を言っているが、公爵はばつが悪そうな表情を浮かべて無言でステーキを食べている。

理由を作ろうと時間稼ぎをしているのだろう。精々、頑張っていただきたいものだ。

「おい」

「何か？」

公爵の生き写しのような青年が仏頂面で私を見ている。

顔と身長から言って、彼が兄のアレス。学園に通っているということは十五、六くらいだろうか。

「食事が同じだからといって調子に乗るなよ。お前がフィルベルン公爵家の汚点であることは変わらないんだからな」

「汚点であろうがなかろうが、同じ料理を食べることは至極当たり前のことです。今まで が間違っていたのですから」

「なっ！　言い返してきた……。何でそんなことを。頭を打って性格が変わったのか？……いや、だがお前が公爵令嬢らしからぬ言動をしてきたことは変わりないじゃないか。相応《ふさわ》しい教養も身につけていない奴《やつ》が僕達と同じ扱いを受けるなんて納得できない」

「相応しい、と仰るなら公爵家の令嬢としての扱いをしていただきたいところですね。それすらせずにこちらに負担を強いるだけでは教養など身につくはずがございません」

真《ま》っ直《す》ぐに前を見据えてきっぱりと言い放つと、全員が全員、面白いくらいに動揺し出した。

アリアドネは自分を責めるだけで、誰かを責めるような言動をしたことはないのだろう。

（おいとかお前とか……この人達、一度もアリアドネを名前で呼んでないわね）

本当にどうしてここまで見下されなければならないのか不思議に思う。

こんな環境で育ってきたなら、生前のアリアドネの性格になるのも当然である。

「これまでとは違い、私は私の権利をしっかりと主張していきます。もちろん主張するだけではなく公爵令嬢としての振る舞いを忘れず、相応しい人間になりましょう」

「……そうなることを願おう」

「父上！」

「あなた！」

「静かにしなさい！　食事が不味《まず》くなるだろう。どうせ、一過性のものに過ぎない。すぐにいつものあいつに戻る。そうしたら、全て元に戻す」

さすがに一家の長《おさ》の声とだけあって、公爵夫人もアレスも口を閉ざした。

セレネだけは納得していない様子だが、雰囲気を察してか特に口出しすることもない。

その後はシーンと静まりかえったお蔭《かげ》で私は快適な夕食を楽しむことができたのだった。

翌日、街に出るため着替えようと侍女に持って来させた服を見た私は頭を抱えていた。

「どう見ても昔流行っていたデザインじゃないの」

「ですが、アリアドネ様のお召し物はこれしかございませんので」

「……いいわ。どうせついでにドレスや普段使いの服も買う予定だったし。ひとまず今日はその若草色のにするわ」

持って来させた服の中では一番シンプルで、いつの時代でも着用できそうなデザインである。

公爵令嬢が着るには物足りないが、余計な装飾が付いていないから恥をかくこともないだろう。

そもそも、洋服選びに時間をかけることももったいない。

今日は家具と洋服を選びにいくついでに行きたい場所があるのだ。

侍女に手伝わせてすぐに着替えなど諸々《もろもろ》を済ませる。

後で使用することになるだろう空の小袋をこっそり懐に忍ばせると、フィルベルン公爵家の馬車に乗り私は街を目指した。

馬車の窓から外を見ると、フィルベルン公爵家の騎士が一人、後ろから付いてきているのが見える。

「一応護衛は付けてくれたのね。それでも新人騎士一人だけだけれど。街の治安がどうなってるか分からない部分はあるけれど、できれば一人で出かけたかったわね」

新人だと分かったのは、彼の立ち居振る舞いのぎこちなさと他のベテラン騎士とは違う制服のお蔭だ。

「……逆に新人で良かったかもしれないわ。途中で簡単に撒《ま》けるもの」

窓の外に目をやると店や新たに建てられた建物もあるけれど、舗装されている道は大きく変わってもいなそうだ。

撒くとしたらどのタイミングでしようか、と外を眺めながら考えていると馬車が街の中心部に入っていく。

ほどなくして、目的地のひとつである職人工房へと到着した。

建物はしっかりとした作りになっており、清潔感もある。窓から中を窺うと働いている人も小綺麗《ぎれい》で所作にもどこか余裕を感じられた。

（街の中心にあるお店だもの。名の知れたところなのでしょうね）

さすがに公爵もここはケチらなかったようだ。世間体が大事な人なのだと覚えておこう。

では、行こうかと馬車を降りて工房の扉の前に立つが、待てども騎士がドアを開けてくれる気配はない。

むしろ物珍しそうに周囲をキョロキョロと見回している。

彼は護衛の仕事をするつもりはないようだ。

「おかしいわね。今ここにいるのは私と貴方、二人だけよね？」

「そうですが……」

「だったら、ドアを開けるのは貴方の役目でしょう？　それとも……まさか公爵令嬢である私にドアを開けさせるつもりなのかしら？」

下から睨みつけると騎士が一瞬怯《ひる》んだのが分かった。

動揺するくらいなら初めから開ければいいだけの話なのに。

別にドアくらい自分で開けても良かったが、アリアドネが貴族令嬢だということを思い出させる必要がある。

決して舐《な》めてかかっていい立場ではないんだと彼に知らせることを私は優先させた。

「承知、しました」

新人騎士の彼との面識があったのか分からないが、気弱な令嬢だと思っていた私の対応に騎士は戸惑っている様子である。

けれど、言い返すほどの無礼さはなかったようで、すぐに工房のドアを開けてくれた。

「いらっしゃいませ」

中に入ると身綺麗な恰幅《かっぷく》の良い中年男性が出迎えてくれる。

きっと彼がこの工房でも上の人間なのだろう。

世間話をするつもりはなかったので、私は自分の身分を明かして部屋に必要な家具をひとつひとつ指定する。

「材料は最新のものにしてちょうだい。あと統一感も欲しいから、明るめの色で揃《そろ》えてもらえるかしら？」

「畏《かしこ》まりました」

「それと請求はフィルベルン公爵家に送ってちょうだい」

用件だけを伝えればもう終わりだ。本命の場所に行くために手早く用事を済ませる必要がある。

納期を聞いて後はよろしくと伝えて私は工房を後にした。

ついでに近くに良さそうな仕立屋があったため、そこで採寸をしてもらい普段着とドレスを大量に注文して持ち帰れる物だけ馬車に乗せてもらう。

ひとまずはこれで表向きの用事は済んだ。

後は撒くだけである。

良い場所はないかと周囲を見回すと、少し離れた場所に裏道に入るための細い道を見つけた。

（あれは……二十年後でもまだあったのね）

整備された皇都の城下町で、まるで迷路のように入り組んだ裏路地への入り口。撒くのにはとっておきの道だ。

これを利用させてもらおう。

相手は新人の騎士一人。物珍しそうに見ていたことから恐らく皇都にもまだ慣れていないはず。

「ふふっ」

あまりに簡単そうで私はつい笑ってしまう。張り合いはないが、この場合はフィルベルン公爵に感謝するべきだろう。

アリアドネに対する認識が甘い最初の期間に外に出たのは正解だった。

（さて、じゃあ行きましょうか）

歩く速度は一定のまま裏道に入る細い道に差し掛かった瞬間、風に飛ばされたハンカチを追いかける振りをして私は全力で駆けだした。

「アリアドネ様!?」

背後から騎士の焦った声が聞こえるが、構わず私は速度を上げて入り組んだ路地を右に左に駆け抜ける。

何個目かの角を曲がった辺りで背後から聞こえていた足音が完全に途切れたのを確認す

ると、中心部から外れた目的地のひとつである近辺に辿《たど》り着いた。

（ここら辺はまったく変わっていないわ。見つけられていなければ欲しい物が手に入るかもしれない）

少し歩いて行くと袋小路に突き当たり、周囲に人の気配がないのを確認した私はある箇所の壁のレンガを二個引き抜いた。

狭い入り口に反して中には少し広い空洞があり、その奥に鍵代わりの仕掛けが施された箱形の装置を見つけた。

「……あった」

無理やり開けられた形跡はなさそうだし、固定されているから箱ごと持ち出されてはいなかったが、どうか中身が残っていますように。

期待を込めながら私は慣れた手付きで仕掛けを解いていく。

最後の一個を動かすとカチリと何かが動く音が聞こえる。

そのまま取っ手を持って扉部分を前に引き出すと私の期待していた物、つまりアリアドネ・ベルネットが生前隠していた宝石と金貨が箱形の装置の中にびっしりと埋め尽くされていた。

「これでお金の心配はなくなったわね。早く詰めて残りも終わらせて帰らないと」

急いで宝石と金貨を全て詰め込み、パンパンになった袋を懐に入れる。

再度人がいないか確認した私は最後の目的地を目指した。

とはいっても、場所はすぐ近くだ。

街の中心部から外れた場所にある宿屋。それが最後の目的地。

宿屋には裏口から入る必要があったから、運良くあの細い道を見つけられたのは幸運である。

人に出会うと面倒なので走って移動していると、最後の目的地である宿屋の裏手に来ることができた。

裏口のドアがあり、上には宿屋の看板がかけられている。つまり、今も営業しているということだ。

私は迷うことなくその裏口から宿屋の中に足を踏み入れた。

「いらっしゃい」

真っ昼間だというのに薄暗い部屋の中で椅子に座って静かに新聞を読んでいた老人。

年は取っていたが二十年前から変わらず門番を務めているジョセフであることは一目見て分かった。

裏口から入ったというのに彼は私を見ることなく新聞に目を落としたままだ。

「『古い剣には敬意を』」

「ほう……」

（まだ使えたのねこれ）

ここは表向きは宿屋であるが、裏口から入ったここは貴族派御用達であった情報ギルドの内のひとつ。

私が言ったのは二十年前の合い言葉であったが、今もこの言葉が通じたことに安堵《あんど》する。

ひとまず目的は達成されそうだ。

「今は違うんだが、二十年も前の合い言葉を言うとはねぇ」

「あら、だとしたら依頼は受けてもらえないのかしら？」

私は顎に手を当てて柔《にこ》やかに笑う。

金さえ積めばどんな情報だろうと売り渡す情報ギルド。

金にがめつい彼らのことだ。見るからに貴族令嬢である私を追い出すことはしないという確信を持っていた。

ジョセフはジッと私を観察するように見た後でフンッと鼻で笑った。

「まだ子供なのに随分と肝が据わってるじゃあないか」

「よく言われるの。ありがとう」

「……見たところ貴族のお嬢ちゃんのようだが、金はあるんだろうな？」

「もちろん」

答えが気に入ったのか、ニヤリと笑うと親指を上げた。

二階で待て、という合図だ。

「人を待たせているから早めに頼むわね」

と言ったものの、すでに新聞に視線を向けているジョセフから返事が来ることはなかった。


二階に上がった私は商談部屋であった個室のドアを開ける。

「ノックもしないとは礼儀がなってないね」

無人だと思っていたがまさかもういるとは。

台詞《せりふ》は責めているものの、どこか楽しそうな口調の青年がソファーに座って私を見ていた。

見覚えのない顔だ。どうやらトップは交代しているようだ。

「失礼。誰もいないと思ったから失念していたわ。早めにと言ったから気を利かせてくれたのかしら？」

「そりゃそうでしょ。子供は早く帰してあげないといけないからね」

「お気遣い感謝するわ。それで依頼の話だけれど」

言いながら懐に入れていた袋をドンッと机に置いた。

十二歳の子供が持ち歩ける量ではなかったからか、青年は口を開けている。

「報酬は貴方が決めていいわ。袋全部でも構わないわよ」

いくら金にがめつくても、全部寄こせとはさすがに言えないだろう。

たとえ全部と言われても、他に隠してある財産はあるから困ることはない。

「適当に話をして追い返そうと思っていたが、そんな大金を全部投げ出すほどの依頼には興味があるかな」

「期待に応えられなくて申し訳ないけれど、私の依頼は大したことないわよ」

「ふーん。一応聞かせてもらおうかな」

「十二、三年前にフィルベルン公爵夫妻の間で何が起きたのか調べて欲しいの」

「それは、君が置かれている状況と対応の理由を知りたいってこと？」

「その通りよ」

さすが情報ギルド。名乗ってもいないのにアリアドネ・フィルベルンだと知っているなんて。

様子を窺うと、青年は目を閉じて机を人差し指で叩きながら考え込んでいる。

「知ってどうするの？」

「単純に気になったから、ではいけないかしら？」

屋敷にいる人間からは聞くことはできないだろうし、知っているかも分からない。

前に公爵が言っていた、公爵夫人が出産後に生死の境をさまよったから、という理由が本当だと到底思えなかったというのもある。

一番はアリアドネに非がないことを明らかにしたい。

だからこそ二十年前から知っていて仕事が早く正確なこの情報屋に頼もうと思ったのだ。

私は合理的だと思っていたが、青年は一瞬真顔になった後で大口を開けて仰《の》け反《ぞ》りながら豪快に笑い出した。

「そっそんなっ理由で、情報ギルドにっ頼むの？　しかも大金出して？」

「時間を無駄にしたくないからよ。それに屋敷に聞ける人がいないことくらい分かっているでしょう？」

「いや、それは分かるけど……。あははっ！　なんて贅沢なお金の使い方なの」

「笑ってるのはいいけれど、引き受けてくれるの？　くれないの？」

あまり時間はかけたくないのだけれど。

話を長引かせたくないという私の気持ちが伝わったのか、青年は慌てて息を整えて笑うのをやめた。

「……分かった。いいよ。引き受けよう」

「そう。助かるわ。あとついでで二つ頼んでもいいかしら？」

「引き受けると分かった途端に頼むとは交渉に慣れてるねぇ。まあ、いいよ」

「フィルベルン公爵家の領地経営及び事業の財政状況と、亡くなった長男の息子であるエリックの現在も調べて欲しいの」

「まるで、トップを変える下準備のようだねぇ」

「現状を把握したいだけよ」

と口にしたが『こんな家に生まれてこなければ良かった。不幸になればいい』そう思ったアリアドネの無念を晴らしたい気持ちがある。

長男の息子であるエリックは絶対にフィルベルン公爵よりも優秀な人材に育っているはずだ。

なんせ、彼の母親は帝国宰相や重要な役職に就く人達を多く輩出している名門・クライン伯爵家令嬢だから。

彼女は夫の死後、エリックと共に実家に身を寄せているのは貴族名鑑で確認している。

貴族の数が減ったからこそ余計に皇帝を支えなければと生き残った子供達の教育に力を入れたはず。

であれば、おのずと頭角を現してくると考えても良い。

二十年前にアリアドネの父親がどういう状況で爵位を継いだのかは分からないが、生まれたばかりの赤子だったとはいえ嫡男の子供を押しのけてのことだから、恨みとまでは行かなくてもしこりは残っているのではないだろうか。

皇帝が優秀に育った彼を見て公爵よりも役に立つと考えれば、それなりの地位を与えるか血筋の正統性を主張して当主を替える。

二十年経ったとはいえ国としてはまだ安定していないだろうから、地盤を固める人材を欲しているはずだ。

(周囲の人間を動かして当主交代させるのは以前の私であれば造作もなくできる。けれど、今の私は一人。できることは限られている)

ゆえに、今は調べるだけに留めてカードを持っておくだけ。

エリックが才能のある人物であれば、遠からずフィルベルン公爵家に混乱が訪れるはずだ。

フィルベルン公爵がバカではない限りは対処できるだろうが、昔の彼を知っている身からするときっと対処はできない。

跡継ぎとしての教育を受けていない気楽な貴族の三男坊だから、財政にもどこか問題があるはずだ。

そこを上手く突かせればいいだけ。

私が手を出せない分、数年をかけて緩やかに進行するだろうから、その間にフィルベルン公爵家の後ろ盾がなくなっても大丈夫な地位を築き上げるのが今の目標だ。

そのためには、生前の経験を生かして毒ではなく薬を作って名前を売ることがいいのではないだろうか。

（結果として、恐らく本来公爵が継ぐ爵位だった伯爵になるだろうからアリアドネの家族が路頭に迷うことはないわ。そこまではこの子も望んではいないだろうから）

破滅させるまで追い詰めるのは、以前の私のやり方と何ひとつ変わらない。

過去を後悔しているからこそ、やり過ぎないように注意しなければ。

「考え事かな？」

青年の声に私はハッと我に返る。

あれこれ色々と考え込んでいたら、意外と時間が経っていたらしい。

「話し合いの最中に申し訳ないわ。残りの二つも問題ないかしら？」

「大したことじゃないから大丈夫だよ」

「では、いくら支払えばいいのかしら？」

「これだけでいいよ」

と、言って青年は袋から金貨を三枚手に取った。

がめついギルドの割に意外と良心的な金額である。

私の考えを読んだのか、青年は呆れ顔になった。

「あのね、十二歳の子供の依頼、それも数日で調べ上げられることに大金を要求するわけないでしょう。まあ、君の答えが面白かったからっていうのも理由だけどね」

「面白がらせたつもりはなかったのだけれど、気に入ってもらえたようで何よりだわ。それで、分かったら知らせが来るのかしら？」

「せっかちなお嬢さんだね。もちろん、終わったら使いを送るよ」

「そう。待っているわね。短い付き合いになりそうだけれどよろしく頼むわ」

「こちらとしては面白いから長い付き合いにしたいんだけどね。……まあ、最善を尽くして調べ上げるよ」

青年は言い終えると手を差しのばしてきた。商談成立の握手を求めているようだ。

本来貴族はギルドのトップであろうと握手などしないだろうが、握手ひとつで良い関係が築けるのであれば拒否する理由はない。

差しのばしてきた手を私は握り返した。

青年は心なしか驚いている様子だったが、すぐにニヤリと笑う。

「エドガーだ。調査終了までよろしく」

「知っていると思うけれどアリアドネよ」

一番最後に互いの自己紹介をしてエドガーと別れると、私は表通りの宿屋の出入り口から外に出た。

（ひとまず最低料金で依頼できて良かったわ。節約できるところで節約しないと）

エドガーもまさかこんな黒いことを十二歳の子供が考えているとは思ってもいないだろう。

けれど、お金は支払っているのだから後ろ暗く思う必要はない。

目的は達成されたので早く騎士を見つけて屋敷に戻ろう。

皇都警備隊が動いていないところを見ると護衛対象を見失ったことを公爵にはまだ報告していないとみた。

新人故に護衛対象を見失ったなど、叱責やクビが怖くて言い出せないのかもしれない。

護衛に付けてくれたのが新人で本当に良かった。こればかりはアリアドネを舐めきっている公爵に感謝である。

では、中心部に戻ろうじゃないか。

ここは中心部から離れているが、大通りを真っ直ぐ進めばそれほど時間もかからず元の場所に戻れる。

歩いている途中で薬の作成用の小さめの道具類を購入し、見慣れた店が建ち並ぶところまで戻ってきた辺りで裏道から出てきた騎士に見つかった。

「どこに行っていたんですか!?　どれだけ探したと思って」

「ハンカチが風に飛ばされて追いかけて行ったら、路地で迷ってしまったのよ。勝手な行動をして悪かったわ」

「本当ですよ。怒られるのは俺なんですから！」

「次から気を付けるわ。そんなことより遅くなってしまったわね。帰りましょう」

「誰のせいだと思って……」

ブツブツと文句を言っている彼の横を通り過ぎ、私は馬車に乗り込んだ。

情報ギルドからいつ連絡がくるのかしら？　と考えながら屋敷へと戻ったのだった。

気弱令嬢に成り代わった元悪女

〔第3章〕様々な思惑

「最近のあの子の態度は何なんですか⁉　あなたもあなたです！　どうしてあの子の待遇を変えるのですか？」

部屋に入ってくるなりヒステリックに喚く妻のレアに私は頭を抱えた。

あいつの態度に戸惑っているのは私だって同じだ。

いつも下を向いて聞き取れないような小さな声で喋《しゃべ》る陰気な娘。

自分の意見を主張することなく、こちらの言葉に大人しく従っていたというのに。

その不満を弱者のセレネにぶつけて解消していた卑怯《ひきょう》者だったのに、最近の変わり様はなんだというのか。

「頭を打った後からまるで人が変わったようにあれこれと口を出してきて……。不気味で仕方がありません。昔のことを色々と思い出してしまって不愉快だし、とっても目障りだわ」

「……それは私とて同じだ。あいつのせいで私達の平穏が脅かされるなんて冗談ではない」

「でしたら前と同じように罰を与えて押さえつけてくださいませ……！」

出来たらとっくにそうしている！

最近のあいつは何か言えば倍の言葉が返ってくる。妙に口が立ち、つけいる隙を与えない。

まるで、私が苦手としていたあの『アリアドネ・ベルネット』と対峙《たいじ》しているかのような錯覚さえ覚える。

頭を打った拍子に不満が爆発して同じ名前の彼女のように振る舞おうと開き直りでもしたのだろうか？　愚かな。

あんな気が弱く自信のない娘が、ちょっと変わったくらいで強気な態度がいつまで持つというのか。

「私達の愛情がアレスとセレネにしか向けられていないことを思い知れば、いずれ元に戻る。あのような態度を取って私達の気を引こうとしているだけに過ぎないのだから」

「本当にそうなるでしょうか？　今日だって勝手に購入した服が届けられていたではありませんか。羨ましがるセレネをなだめるのがどれほど大変だったか……」

「それはセレネにも新しいドレスを作って、庭に専用の温室を作ってやることで終わっただろう？　ドレスや普段着に関しては、あいつもこれから貴族の屋敷に呼ばれる機会も増えていくだろうし、多少の浪費は公爵として受け入れた方がいい。そうでないと周りからなんと言われるか……」

「それは……そうですが。やっぱり気にくわないのです！　思い出したくないことを無理やりほじくり返されて苦しめられるのは我慢なりません」

レアの不満に私は何のフォローも入れられない。これればかりは私が口を出せば矛先がこちらに向けられる。

あいつのことだけでも頭が痛いのに、レアにまで悩まされたくはない。

「大体、なぜあの子をお茶会に出席させなければならないのですか？　外に出したところで他の家の子供達から見下されるだけではありませんか。そちらの方がよほど家のためになりませんわ」

「私だってあいつを外に出すのは賛成できないが、皇后陛下からの招待をお断りしていた頃に何を言われたか忘れたわけではないだろう？　体が弱いわけでもないのに集まりになると体調を崩すのは何か理由があるのか？　と詮索されたではないか。皇帝陛下から皆の前で言われてしまっては、毎回欠席させることなどできるはずがない」

「陛下も二人きりのときに仰ってくだされば良いものを……。しばらく貴族の集まりがなければ良かったのに、よりにもよって狩猟大会が近いなんてついてないわ」

クソッ。またあいつを連れて行かないと陛下からあれこれ言われる羽目になる。面倒な行事がやってきたな。

「もう少し早ければ事故の傷が癒えてないからと理由を付けられたが、それも無理だしな……」

いや、待てよ。

あいつを連れて行った方が良いのではないか？

「むしろ好機かもしれん。あいつを連れて行って現実を分からせてやればいいじゃないか」

「現実？」

「ああ。他の貴族があいつに対してどういう態度を取っていたか思い出させれば良い」

「……そう、ですわね」

レアは思い出したのか、幾分か冷静さを取り戻したようだ。

ヒステリックに喚く女の対応はしたくないから助かった。

「家族の前で強気でいても、以前と同じようにバカにされ相手にもされない状態になれば少しは大人しくもなるだろう。変わったところで意味はないのだと思い知らせなければならん」

「良いことだとは思いますが、今回はセレネのお披露目の意味もありますのに、あの子の印象が薄れてしまうことになりませんか？」

「それが良いのだ。セレネはフィルベルン公爵家の『ルプス』を持つ唯一の姫だぞ。対応の差は歴然だ。待遇を良くして、あいつに一度美味《おい》しい思いをさせておいた方が、周りの評価は何も変わっていない現実に直面したときによりダメージは大きいものになるはずだ」

「確かにそれもそうですわね。とても素敵ね……。うふふ」

私の案が気に入ったのかレアの機嫌は良くなっている。

本当になぜ皇位継承順位第四位の私がご機嫌取りなどしなくてはならないのか。

それもこれも全てあいつのせいだ。あいつが生まれたからしなくていいことを私がする羽目になったのだ。

あの悪女、アリアドネのお蔭で兄上達が亡くなり、生まれたばかりの兄上の子であるエリックの命を狙うと脅して兄嫁の実家に追いやり手に入れた地位。

期待されていなかった私が公爵家を継げたのに、継いだ後も苦労するなんて許されない。

事情を知っている者がいては不都合だし、私に対する態度がなっていない者もいたから、使用人を解雇して全員入れ替えるために金も手間も使ったのにどうして心が休まるときがないのか。

原因はあいつが大人しくしていないからだ。だから思い知らせてやらなければならない。

大人しくなりさえすれば公爵としても家族としても完璧でいられるのだから。

「とはいえ、もっとダメージを与えるために計画を立てなければ」

「より確実なものにするためですわね」

「その通りだ。あいつが騒ぎを起こしてくれればなお良い。いや」

「あなた?」

傷跡が残るほどの怪我でもしてくれたら、それを理由に外に出す必要もなくなるのでは

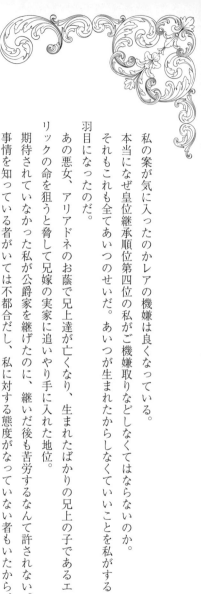

ないか？

たとえあいつがはめられただの不都合なことを証言しても証拠がなければいいだけだし、怒鳴りつければどうせ黙る。

あいつが自発的に起こした事故だという結果になるのだから、私は痛くもかゆくもない。

良い案が浮かんだと私はニンマリと笑った。

「ああ、何でもない。それより狩猟大会ではセレネの側《そば》に有力貴族の子息令嬢を集めさせておいてくれ。リーンフェルト侯爵家のテオドール卿《きょう》は必須だ」

「セレネの結婚相手候補ですものね。忌々《いまいま》しいあの子も気に入っていたようですし、余計に深い傷を負わせることができるかもしれませんわね」

「あの侯爵は気に入らんが、セレネの嫁入り先としては十分だ」

「私としては皇太子のミハエル殿下が良いのですけれど……」

「それは私も同じだ。だが、ミハエル殿下はすでに婚約者が決まっているだろう」

父は先代皇帝の弟。ミハエル殿下とセレネははとこ同士で年齢もちょうどいいが、打診する前に婚約者が決まってしまった。

悔しいが、こればかりは私でも覆すことはできない。

だからこそ、陛下の腹心の部下であり一番の信頼を寄せるリーンフェルト侯爵家と縁を結ぶしかない。

現在の侯爵は気にくわないが、皇帝からの信頼も厚い家に嫁がせれば私の発言力も強くなる。

「テオドール卿は大人しく口数もそれほど多くないと噂《うわさ》だ。明るく甘え上手なセレネはピッタリだと思わないか?」

「確かにそうですわね。きっと侯爵夫人としてしっかりと家を守っていけるでしょうし、テオドール卿からも頼りにされるに違いありませんわ」

「そうだな。今後はリーンフェルト侯爵家との交友関係を深めて、婚約を打診するつもりだ。そのためにも先にある狩猟大会での振る舞いが大切になってくる。あそこは夫人がいないから侯爵は私が相手をするから、レアはテオドール卿を頼む」

「任せてくださいませ。テオドール卿は数年前にご両親を亡くされて母親を恋しがって寂しい思いをしているでしょうから、問題ありませんわ」

レアの言葉に私も軽く頷いた。

所詮子供だ。優しくすれば懐いてくる。

侯爵家としてもフィルベルン公爵家と縁ができるのは大歓迎だろう。

「と、考えるとやはりあの子の存在が目障りですわね。本当に目の上のたんこぶですわ」

「狩猟大会であいつの評価を地に落としてしまえばいいだけだ。そこまで気にする必要などない」

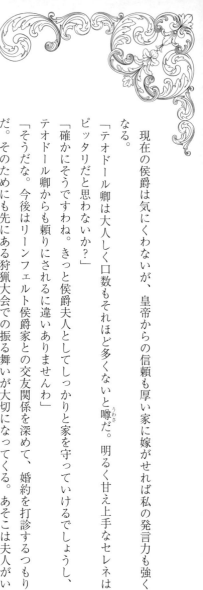

どうせ、その日にあいつは表舞台に出られなくなるのだから。

精々、残り少ないいつかの間の幸福な日々を楽しんでいればいい。


注文していたドレスと普段着を受け取った日の晩。

ベッドに入りウトウトしていたところ、バルコニーの窓ガラスに何かが当たっている音が聞こえてきた。

(エドガーの使いが来たのかしら？　意外と時間がかかったのね)

数日で終わると言っていたはずだが、何か不測の事態でも起こったのかもしれない。

すぐにベッドから降りて上着を羽織りカーテンを開けると、バルコニーの手すりに鳩が大人しく止まっていた。

二十年経っても伝書鳩を使っているのだなと関係ないことを思いながら窓を開けて鳩に近寄り、足に付けられている紙を取る。

「ご苦労様」

言葉が通じたのか、鳩は羽をバサバサと動かして飛び立っていく。

さて、内容を確認してみよう。

部屋に戻り、ベッドサイドテーブルに置かれた燭台《しょくだい》に火を付けて読み始める。

まずはアリアドネが生まれる前後の公爵夫妻のことについて。

（意外だわ。産後に体調を崩したというのは本当だったようね）

ただし、体調を崩した原因はアリアドネではなかった。

フィルベルン公爵は当時不倫しており、その相手の子爵夫人による嫌がらせが原因。

子爵夫人とアリアドネの母である公爵夫人は幼少時より犬猿の仲だったことも関係していたらしい。

不倫関係はアリアドネを妊娠していた頃から始まっており、お腹の子供を守るためにと公爵夫人は嫌がらせされても我慢していた。

そして出産後、嫌がらせは加速し、公爵夫人は精神的な疲労からどんどん衰弱していった。

寝込んでから初めて事の重大さを理解した公爵が不倫相手を捨てて公爵夫人の元に戻り、嫌がらせがなくなったことで彼女も回復し夫婦の仲も改善した、というもの。

その後、なぜか不倫相手だった子爵家の事業が傾き、運悪く領地での災害も重なって没落。夫妻は貧困により病死したことも書かれている。

子爵夫人の実家も自分達が食べていくのに必死だったとのことで援助もできなかったと。

「悪いのはフィルベルン公爵だけじゃないの」

不倫相手の女性も悪いが、やめない公爵はもっと悪い。

公爵夫人に同情する部分もあるが、問題は公爵夫人が不倫相手からの嫌がらせを受けて女児として生まれたアリアドネへの愛情を失った点である。

また、報告書にはなぜか事業が傾いたと書かれているが、フィルベルン公爵がそう仕向けたのではないかとも思った。

プライドの高い人だから不倫相手から世間に公表されることを恐れたのではないか。だから消して、なかったことにしようとしたのでは？　と。

十年以上前のことだから証拠はないだろうが、そう考えないと事業が傾いた理由が明らかになっていないのはおかしい。

けれど、これで疑問は解消された。

フィルベルン公爵は過去をほじくり返されるかもしれない娘の存在が疎ましい。公爵夫人は当時の悔しい気持ちとアリアドネのせいでという思いから彼女へあの態度を取っていた。

というのは私の勝手な予想ではあるが、そう大きく外れてはいないだろう。

彼女の過失は全くなく、大人の勝手な事情に巻き込まれただけの被害者。

「賢くない人間というのはどうしてこうも愚かなのかしら」

解決する策はいくつもあったはずなのに、ギリギリになるまで対応すらしなかった。

全ての責任をアリアドネに押しつけて家族からはじき出すなんて大人のやることではない。

だが、まずはアリアドネに何の非もないことが知れただけでも良かったと思おう。

「あとは領地と事業の件ね。……業績は年々下がってきて良かったときの半分になっているのね。新しいことはせずにこれまで通りにやっているようだから余所にお客を取られてもおかしくはないわ。領地も事業も人任せで細かい不正をしているようだけれど、公爵は確認もろくにしてないから、まだ気付いてもいない、と」

こちらの件は現時点で私が手を出す必要もなさそうだ。

不正の証拠は探せばあるだろうし、慌てる必要もないだろう。

「この程度だったら、余裕で大丈夫そうね。さあ、エリックの方はどうかしら？」

頼んだことの二つはクリアしたので、最後の依頼であるエリックの現在を読み始める。

彼は母親の実家である伯爵家におり、病弱で屋敷からは出たことがないとされている。けれど、現在彼はビルと名前を変えて、伯爵家と親交のあるタリス男爵家の息子として生活しているようだ。

王城の財政部に勤めており、主に帝国の北部を担当していると。

恐らくここを調べるのに時間がかかっていたのだろう。

「北部はリーンフェルト侯爵家の領地がある地域ね。違法経営に人身売買、密輸の摘発の

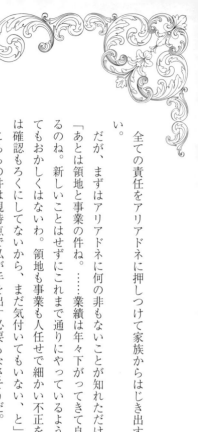

指揮を取っていた……この人、思った以上に優秀かもしれないわ」

フィルベルン公爵という地位に相応しい教養と才能を持っている。

当代の公爵と比べると雲泥の差だ。

こういうタイプは敵に回すと厄介だが、味方であれば心強い。なんとか味方に引き入れたい。

「真面目で情に厚いタイプだと嬉しいけれどこれだけだと分からないわね。それにフィルベルン公爵領がある南部地域の担当ではないとなるとフィルベルン公爵家にそこまで執着を持っているわけではないのかしら？」

扇動されやすいタイプであれば楽だが、実績を見るにそういう人でもなさそうだ。

だが、正義感の強いタイプであることは間違いないだろう。

「どちらかというとクロードと似たタイプかもしれないわね」

となると、執着がないわけではなく今は証拠集めか地盤を固めている可能性もあるが、どちらにせよ本人と会ってみなければ分からない。

ここで一人で考え込んで表面だけ見ていても何も始まらないのだから。

「その絶好の機会が近々あることだし、様子を見てみましょうか」

エドガーからもたらされた報告書によると、近々皇帝主催の狩猟大会が開かれるらしい。

そういえばこの時期だったなと記憶が蘇《よみがえ》ってくる。

国内の貴族が一堂に会する大きなイベント。

舞踏会や戦勝記念祝賀会と違って子供の参加も認められている。

世間体を何よりも大事にしていそうだから、出席させなければ他の貴族からどんな目で見られるかを考えると私を出席させるはずだ。

「けれど……アリアドネだものねぇ」

平穏無事に終わるとは考えられない。

日記にも親戚の子息令嬢からバカにされていたと書かれていたので、絡まれると思っておいた方がよさそうだ。

面倒ではあるが、クロードの顔も見ておきたいしエリックにも会ってみたい。

とは思うものの個人行動はそこまでできないとなると、クロード達に声をかけるのも難しいかもしれない。

遠目から確認するくらいしかできなそうだが、まあ焦っても仕方がないだろう。

「それにフィルベルン公爵が黙って見ているわけがないわ」

性格がガラリと変わったアリアドネを大人しくさせたいという考えは絶対にあるはずだ。

私が自信がある強気な女であることを見せれば見せるほど、公爵夫妻は過去を思い出して不快になる。

ということを考えると貴族が一堂に会する狩猟大会は私の鼻を折るのに絶好の場と言っ

ていい。

むしろ子息令嬢より公爵に注意をした方がいいかもしれない。

（私も過去の狩猟大会でクロードを狙ったことがあるし、用心するに越したことはないわ）

さすがに娘を殺そうとするほど愚かではないと思いたいが、後先を考えない人間は何をするか分からない。

思考は読みやすいし扇動もしやすいが、公爵は表面を取り繕うために深く考えずに行動に移すようなタイプだろう。

「さて、公爵はどのような策をとってくるかしら？」

狩猟大会が行われる会場は結構な広さだ。

夫人や子供達が寛ぐテントを置く広場があって、手前に小動物のエリア、奥に熊や狼《おおかみ》などの動物のエリアがあったはず。

一番手っ取り早いのは奥のエリアに置き去りにする方法ではなかろうか。

飲み物に何か仕込んで眠らせて森の中に放置するのが一番簡単にできる。

もしくは、小動物エリアで狩りに参加しろと言うかもしれない。

むしろ置き去りにされた方が私としては都合がいい。酷い扱いを受けているということを他の貴族に見せつけることができるから。

幸い、狩猟大会が行われる森の地図は頭に入っている。二十年やそこらで大きく変わっているとも思えない。特に目印は変わっていないはずだ。

……とはいえ、これは私が自分でやるならそうするというだけで本当に公爵がやるかどうかは分からない。

全く別のことかもしれないし、そもそも何もしないかもしれない。

（杞憂《きゆう》で終わればいいけれど、それでも何があっても良いように備えだけはしておかなければね）

読み終わった報告書に火を付けて暖炉に放り込むと、庭から採取して保存していた草花を机の上に広げて使えそうなものを選んでいく。

「あまり森の環境に影響しないものにする必要があるわね」

いくつかの草花を選び、何と混ぜ合わせるか考える。

分量も考えないと即効性を発揮しないから注意が必要だ。

使うことがなければ良いと願いながら、私は手を動かすのだった。

入念に準備を進めて、ついに狩猟大会の日がやってきた。

私の予想通り、フィルベルン公爵は狩猟大会出席の許可を出してくれた。

なるべく動きやすく収納が多い服を選び、準備した物を仕込んでおく。

狩猟大会の場所は皇都から少し離れた大きな森が広がっている平地。

そこまでは馬車で行くのだが、フィルベルン公爵夫妻達は豪華な馬車で、私は一人だけ別の馬車で行くようにと告げられた。

別の馬車といっても公爵家に相応しい外観の馬車ではあるし、あの家族と同じ馬車など遠慮したいのでむしろ好都合である。

「お姉様はお一人で可哀想に……」

「人数の関係上、仕方がないわ。気にせず行きましょう」

「はぁい。お姉様、また後でね」

満面の笑みで手を振るセレネに私は愛想笑いを浮かべて手を振った。

一人だけ別だということに私が抗議しなかったからか、セレネは首を傾げていたが公爵夫人に急《せ》かされて慌てて馬車に乗り込んでいった。

私も馬車に乗り、公爵達の乗った馬車を追いかける形で出発する。

狩り場までは距離があるので、その間に私は何をどこに入れたのかの確認を済ませておくことにした。

それも終わり、頭の中でいくつもの起こりうる可能性を思い描いては対応策を考えている内に、外の風景が自然豊かな風景に変わっていく。

ほどなくして馬車は止まり、降りても案内が来なかったため仕方なくフィルベルン公爵達の後を黙って付いていく。

「あれがフィルベルン公爵家のセレネ様？　公爵夫人に似て可愛らしい方ね」

「公爵も公爵夫人もあのように笑いかけるなんて、とても可愛がっていらっしゃるようですね」

「アレス様も相変わらず凛々《りり》しいお顔立ちをされておりますし、目の保養になりますわ」

側に居た他の貴族のご夫人方の声が嫌でも聞こえてくる。

いつもは我が儘なセレネも初めての場所で緊張しているのか口数は少なく、お蔭で顔の可愛らしさもあって評判は良さそうだ。

あの家族は外面《そとづら》だけは良いらしい。

そうして次に耳に入ってきたのは、後ろを歩く私、アリアドネに対してのものだった。

「あら、アリアドネ様もいらしていたのね。相変わらず辛気臭、くない……？」

「何か雰囲気が変わったような？　あのような所作ができる方だったかしら？」

「ええ。いつもはオドオドしていらしたのに、まるで公爵令嬢のように見えますわね……」

まるでもなにもアリアドネは正真正銘の公爵令嬢だ。

以前の自信のなさからくる雰囲気などから、他の貴族にも下に見られていたというのがよく分かる言葉である。

「ですが、以前と同じで公爵やご家族からは認められていないご様子ですわね」

「フィルベルン公爵が愛妻家なのは周知の事実ですもの。命を脅かしたご令嬢を許せないのも無理はありません」

「名前からして明らかですものね。『アリアドネ』など……。あのような人間の名前を付けるのですから、公爵の怒りは相当なもののようですね」

あの男が愛妻家など鼻で笑ってしまう。

名前だけで愛されていないことが分かるのだから、アリアドネは自分の名前が心の底から嫌だったのだろうに、最後は私のようになりたいと思うまでになっていた。

彼女をそこまで追い詰めた人達にはやはり何らかの仕返しはしたいと改めて感じた。

そうこうしている内にフィルベルン公爵家のテントに到着する。

大きなテントの横に、一人用の小さなテント。

どちらがアリアドネ用かなんて言われなくても分かる。

人前でこれ見よがしに嫌みったらしく言われる前に移動しようと、私はさっさと一人用のテントに入った。中にはソファーひとつと申し訳程度の照明のみ。

給仕もいない。

「これで私を傷つけられると思っているのだから、舐められたものだわ」

むしろ一人の方が私としては楽なので、何の攻撃にもなっていない。

「一休みしたら散歩にでも出かけようかしら」

「散歩!?　お姉様が外を一人で出歩くなんてダメに決まってるでしょ！」

いつ入ってきたのかセレネの大声に私はこめかみを押さえた。

なぜこの子はこうも姉に対して上から目線なのか。

「少し外の様子を見てみるだけよ」

「じゃあ、お姉様が失礼なことをしないようにセレネも行くわ！」

それはむしろセレネの方ではないだろうか。

この子と出歩くなど私の忍耐力が試されるだけで良いことはひとつもないが、断ったところでこの子は絶対に引かないだろう。

外の様子は見ておきたいし、見つかってしまったのだから諦めた方が良さそうだ。

「分かったわ。では行きましょうか」

狩りが始まる前にクロードとエリックの顔を見ておきたい。

あとは貴族の力関係も確認しておきたいし、誰と誰が仲が良くて悪いのかも。

ソファーから立ち上がった私はセレネの横を通り過ぎて外に出た。

「勝手に行かないでよ！　セレネの前を歩かないで！」

「ついて行きたいと言ったのは貴女でしょう?」

「私に命令しないで!」

「はいはい」

無駄な言い合いに時間をかけたくはない。

子供相手にムキになるのも大人げないし、流しておこう。

「それでセレネはどこに向かうつもりなのかしら?」

「テオドール様に会いに行くのよ」

「テオドール様?」

一瞬誰のことかと悩んだが、すぐにリーンフェルト侯爵家の跡継ぎだったことを思い出した。

クロードの顔を見ておきたかったからちょうどいい。

「じゃあ、案内してくれるかしら」

「ふんっ。こっちよ」

私に命令されるのは嫌でもテオドールには会いたいのか、セレネは態度に出しても口には出さずにズンズン進んでいく。

どうやら彼女はテオドールのことが好きなようだ。

公爵令嬢の自分には皇太子妃が相応しいとか思っていそうだと想像していたので、そこは少し意外だった。

少し歩いて行くとフィルベルン公爵家のテントと同じくらいの大きさのテントの前に到着する。

家紋の入った旗が前に立てられているので、ここがリーンフェルト侯爵家のテントで間違いなさそうだ。

近くのテントも確認してみると、エリックがいるタリス男爵家のテントも発見した。

「テオドール様！」

突然、名前を呼んで駆けだしたセレネ。

進行方向を見ると、銀髪の大人しそうな少年が居て、彼はセレネの顔を見て少し怯えているように見えた。

「フィ、フィルベルン公爵令嬢……」

「もう！　セレネと呼んでください」

「いえ……僕は……」

「でもお会いできて嬉しいです！　ずっとテオドール様に会いたかったんですよ？」

テオドールの言葉はほとんどセレネの耳に届いていないようだ。

端から見ると相性が悪そうだと思ったが、側で見ていた貴族達は微笑《ほほえ》ましそうに二人を見つめていた。

保護者はどこにいるんだと周囲を窺うが、クロードらしき人物の姿は見当たらない。

私はテオドールに挨拶した後で口を開いた。

「リーンフェルト侯爵はこちらにはいらっしゃらないのですか？」

「テオドール様に話しかけないで！」

「気になったから聞いただけでしょう？　ただの質問じゃないの」

「お姉様！」

責めるセレネと私の顔を交互に見ていたテオドールはおずおずと口を開いた。

「リーンフェルト侯爵は皇帝陛下のところに行っています。狩りが始まるまでは戻ってこないかと……」

「そうでしたか。ありがとうございます」

「セレネを無視しないで！」

「ここは屋敷ではないのだから、もう少し声を抑えなさい」

常識の範囲での注意だったが、途端に周囲がどよめいた。

テオドールなど信じられないものを見るような目で私を見ている。

あのアリアドネが家族からの愛をこれでもかと受けるセレネに言い返したとでも思っているのだろうか？

だが、私の考えていたこととはどうも違うらしいと貴族の口ぶりから分かることとなる。

「姉と呼ばれていたということは、アリアドネ様よね？　以前とは印象が違うような」

「あのようにセレネ様にしっかりと注意なさることができるんですね」

「随分と落ち着いた雰囲気で公爵令嬢らしくなられたようで……。公爵夫妻もようやく令嬢の教育に力を入れたということかしら？」

贔屓目《ひいきめ》に見てもセレネの行動は許容されるものではなかったようだ。

きちんと注意をした私の評価が上がったのが見て取れる。

貴族達の会話はテオドールに夢中なセレネには聞こえていないようで、彼の腕にしがみついてフィルベルン公爵家のテントに招待しようと必死になっていた。

「セレネ……。テオドール様もお忙しいでしょうから無理を言ってはいけませんよ」

「あ、いえ。大丈夫です。すぐには無理ですけれど、後で伺います……」

「本当に!?　ほら、お姉様。テオドール様はセレネのために時間を作ってくれるんですって！」

「そう。良かったわね」

セレネの挑発に乗らずに流すと、またもや彼女は首を傾げている。

自分の思った反応を私が返さないから不思議なのかもしれない。

だが、それも一瞬のことで彼女はテオドールに視線を向ける。

「それじゃあテオドール様。待っているから、絶対に来てくださいね！」

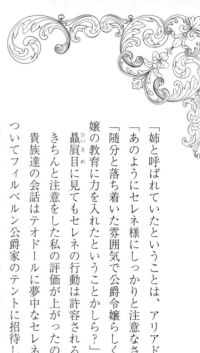

「ええ……」

「約束ですよ！」

ウフフと笑いながらセレネは「早く帰りましょう！　お母様に準備するようにお願いしないと！」と足早に我が家のテントの方へと戻っていった。

クロードの顔は見られなかったが、エリックがいる男爵家のテントの場所は確認したし今はこれでいいだろう。

本当に自分勝手な子だと呆れながら、迷惑を被ったテオドールに対して頭を下げて彼女の後を追った。


フィルベルン公爵家のテントへ戻ると、一足先に戻っていたセレネが公爵夫人にテオドールの話をしている最中であった。

「お母様。テオドール様が来てくれるって！　早く準備して！」

「あら、早めに準備を始めていて良かったわ。もうすぐ終わるでしょうから、セレネも刺《し》繡《しゅう》したハンカチを準備しておきなさいね」

「はーい」

元気よく返事をしたセレネは専属侍女に荷物からハンカチを出しておくようにと命じていた。

(相手の無事を祈るという意味で刺繍入りのハンカチを家族や恋人、好きな人に贈るのが慣例だったわね。すっかり頭から抜け落ちていたわ)

アリアドネ・ベルネットだったときは父親に毎回贈っていたが、今回は相手の仕掛けてくる罠にどう対応するかしか考えてなかった。

刺繍したところで贈る相手もいないのだから、これで良かったと言えば良かった。

ただ、持ってきていないことに小言を言われるのは目に見えているので、私は自分のテントに戻ろうとセレネ達に背を向けると声をかけられた。

「貴女も参加なさい」

「……私もですか?」

「認めたくありませんが、貴女がいないと私達が何と言われるか……。だから、余計なことは言わずにただ座っていなさい」

こういったお茶会に参加させるとは思わなかったが、世間体のためだったかと納得する。

どうせ、呼んだ貴族からアリアドネがバカにされて落ち込む姿でも見たいのだろう。

とんだ茶番ではあるが、貴族達に今までのアリアドネとは違うということを見せつけるにはもってこいだ。

わざわざ舞台を用意してくれてありがとうという気持ちである。

そうこうしている内に狩猟大会が始まり、男性陣と狩りのできる令息、腕に自信のある一部の女性は出発していった。

同時にテーブルセッティングも終わり、招待された夫人や子息令嬢達がやってくる。

その中にはテオドールの姿もあった。

夫人達は公爵夫人やセレネには挨拶するが、私のことは完全に無視している。

けれど、テオドールだけは私にも挨拶してくれた。

大人しいが躾が行き届いた良い子のようだ。亡くなったご両親やクロードの教育のお蔭だろう。

セレネが目敏《めざと》く見つけて睨んできていたので、挨拶をしてくれた彼にだけ礼をしてすぐに視線を外す。

文句を言いたそうな彼女にまるで気付いていない公爵夫人は開始の挨拶を始めた。

「皆さん、今日は楽しい時間にしましょうね。それと末娘のセレネが初めて参加することになりまして、セレネと仲良くしてくれると嬉しいわ」

「まるで天使のようなお嬢様だと噂は耳にしておりましたのよ。噂以上に可愛らしい方で、このような場に招待していただけたことが光栄ですわ」

「ええ。本当に。いつも下を向いて無口な方とは違ってさすが公爵家のご令嬢といった立ち居振る舞いに感動しております」

ホホホと和やかに話しているが、ちゃっかり私に対する嫌みも言う辺り同類のご夫人方だ。

チラチラと私の方を見て嫌みっぽく目を細めて見ているが、私が何のダメージも負っていないことを知ると一様に首を傾げている。

言葉に毒を含ませることが得意だった私からすると、子猫のパンチくらい甘っちょろいものだ。

「そういえば、アリアドネ様はフィルベルン公爵にもアレス様にも刺繍入りのハンカチをお渡しにならなかったとか？」

「ええ、そうなの。家族の無事を祈らないなんて薄情な子だわ」

「親に対する感謝がないのでしょうか？　嘆かわしいことですね」

「全くだわ。セレネはきちんと用意して渡していたのよ。いくら刺繍が苦手でも慣例だというのに……ねぇ？」

「セレネ様に劣るのが悔しかったからではありませんか？」

「でしょうね。妹に張り合って本当にみっともないったら……」

口を出さないのを良いことに、好き勝手言ってくれるではないか。

どうにかしてアリアドネを傷つけようという意図が透けて見えて不快で仕方がない。

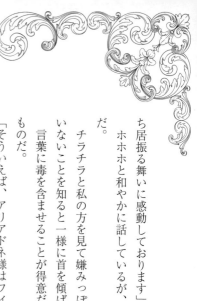

だったら、その勘違いを正してやろうではないか。

「道具さえあれば、この場で刺繍いたしますが？」

冷めた目をして言うと、夫人達は無言になった後で上品な笑い声を出す。

この子に出来るものかというバカにした空気が漂っている。

「無理せずともよろしいのですよ？　アリアドネ様の実力はよく存じておりますもの」

「悔しいからとその場で口にしても恥をかくのはアリアドネ様ですもの」

ねぇ？　とご夫人方は笑い合っている。

この子の実力は知らないが、ろくに教育も受けていない十二歳の子が上手くできるはずがないだろうに。

前提条件が違うことを考慮しない彼女達が腹立たしい。

「勢いで口にしたわけではございません。できるからそう口にしたのです」

「まあまあ……。随分な自信ですこと」

「そこまで言うのであれば、やってもらいましょうか。……道具を持ってきなさい」

公爵夫人が侍女に命じて、すぐに刺繍の道具が運ばれてきた。

バカにする気満々の方々の視線を受けながら私は用意されたハンカチに刺繍を施していく。

時間もないので簡単なものしかできないが、誰が見ても分かるように国花であるユリを選んだ。

ユリは一般的には白だが、ハンカチには映えないので花言葉が『上品』『知的』『神聖』の意味を持つ紫にする。

生前でも刺繡は得意だったので、手際よく手を動かしていく。

「……え？　普通に出来ていませんか？」

「それに早くありません？　もう半分も出来ているではありませんか」

「い、いつの間に……」

動揺するご夫人方と悔しそうな公爵夫人を尻目に私はどんどん進めていき、さほど時間もかからず完成させた。

四隅の一箇所だけ、それも比較的小さめではあるがこの短時間でよく出来た方だと思う。

「完成致しました。どうでしょうか？」

十二歳の子供の刺繡にしたら上出来だろう。

自信に満ちた顔で見せると、彼女らは目を見開いて言葉を失っている。

セレネなど信じられないのか、わなわなと唇を震わせていた。

「ユリですね。花言葉の通り上品で神聖さを感じさせる刺繡で、とても綺麗《きれい》だと思います」

「あ、ありがとうございます」

無言の中、褒めてくれたのはテオドールだけだった。

大人しいと思っていたが、周囲の評判に惑わされずに正当に評価ができる冷静な目を持った男の子のようだ。

将来が楽しみである。

けれど、その言葉に反発する者もいる。

そう、セレネだ。

「そんな小さい刺繍で大きな顔をしないでもらいたいわ。セレネだって、それぐらい出来るんだから」

「妹に恥をかかせるなんて酷い子ね」

公爵夫人も参戦してきたことでご夫人方や子息令嬢達も同調し始める。

ただ一人、テオドールだけが眉根を寄せて彼女達を見ていた。

随分と正義感の強い子なのだなと感心していると、彼がおもむろに口を開く。

「あの……その……えっと、リーンフェルト侯爵がいつも肌身離さず持っているハンカチの刺繍と似ていて……。侯爵のようになりたいなと思っていて、似た物を僕も持ちたいなと……」

「……え？」

要はこの刺繍が入ったハンカチが欲しいということだろう。

テオドールはクロードのことを尊敬していて同じ物を持ちたいと思っていると。

可愛らしいお願いに自然と私の頬が緩む。

が、セレネは目をつり上げている。

「テオドール様!?」

「は、はい!」

「セレネもテオドール様にハンカチをあげようと刺繍してきたんです。お姉様のよりもこっちの方が絶対に良いです! 受け取らない方が良いです!」

「え? でも……」

「セレネの言う通りですわ。アリアドネの名を持つ者からの贈り物など、リーンフェルト侯爵は心穏やかにいられるはずがございませんわ」

アリアドネ側から考えると余計なことを……という場面ではあるが、私から考えると確かにそうだと一理あると思ってしまう。

クロードと交わした最後の会話からすると憎まれていないことは確かではあるが、今もそうだとは確認していないから分からない。

同じ名前の人間からの刺繍に気分を悪くするかもしれない。

ただ一人庇ってくれた心優しいテオドールとクロードとの間に波風を立てるようなことは私も望んでいない。

「お母様とセレネのお言葉ももっともだと思います。どうぞセレネのハンカチを受け取って下さいませ」

「…………は、い」

全く納得はしていないテオドールであったが、私にまで勧められてはノーと言えない。自分の思い通りになったと満面の笑みを浮かべたセレネに押しつけられる形で彼女のハンカチを受け取った。

それらを確認したフィルベルン公爵夫人は手をパンパンと叩いて全員の注目を集める。

「さあ、それでは大人は大人同士、子供は子供同士で親交を深めることにしましょうか。実は広場の中に事前に宝物をいくつか隠しておきましたの。ヒントを書いた紙をお渡しするので、子供達にはそれで宝物を探すというゲームをしてもらいましょう」

「まあ、楽しそうですね」

「侯爵夫人が用意なさったものとなれば、きっと価値のある宝物なのでしょう」

「ええ、もちろんよ。期待していてちょうだい」

「良かったわね」

ご夫人達は自分の子供達に微笑みかけているし、子息令嬢達も公爵夫人の言葉を受けてやる気になっている。

「そうそう、貴女も参加なさいね」

「分かりました」

正直言って気は進まないが、私を参加させるとなると罠を張っているのかもしれない。

森に行くように指示を受けるかもしれないけれど、森に入って手前くらいで時間を潰しておけば問題もなさそうだ。

「これがそのヒントの紙よ。制限時間は三十分。頑張ってちょうだいね」

子息令嬢達に一人一人紙を手渡すと、彼らは護衛を伴って外へと出ていった。

セレネとテオドールも出て行ったあとで最後に私も外に出る。当然私に護衛は付かない。

渡された紙には宝物が置いてある付近の地図が記されており、私の場合は森の近くになっている。

(さすがに森の中にはしていないのね)

フィルベルン公爵は証拠を残すような愚か者ではなかったようだ。

宝を探す気は毛頭ないが、やる気を見せないのもまた文句を言われることになるので大人しく私は地図の辺りに足を向ける。

到着すると付近には貴族のテントはなく人も少ない。

いくつかの家族が乗馬の練習をしているくらいだ。

人がいるなら危なくはなさそうだと思っていると後ろから声をかけられた。

「お姉様」

護衛と一緒に馬に乗っているセレネが馬上から私を見おろしていた。

「セレネ？　どうしたのかしら？　貴女は宝物探しに参加しないの？」

「するわよ。でもここら辺は乗馬の練習場所になっているから、もしかして仲の良い他家の家族の姿を見て落ち込んでいるんじゃないかと思って心配して来たの」

「気遣ってくれてありがとう。けれど、その心配はいらないわ。特に何も思わないから」

「強がらなくてもいいのよ。セレネは馬に乗れるけれどお姉様は一度も練習したことがないから馬に乗れないし、引け目を感じているんじゃないの？」

「乗馬くらいできるわよ」

「嘘ばっかり。一度も乗ったことがないのに乗れるわけないでしょ」

いや、乗れる。生前は普通に乗っていたし問題はない。

というか、公爵家は本当にアリアドネに何の教育も受けさせていなかったのだな。

「……宝物探しがあるから、もう行っていいかしら」

「乗れるって言ってたじゃない。本当は乗れないのに証拠を見せてって言われるのが嫌だから逃げるつもりなの？」

「そういうわけではないわ」

「ならセレネに見せてみてよ」

馬から降りたセレネと護衛は私に馬に乗るように促してくる。

一瞬怪しんだが、セレネを溺愛しているあの夫婦が彼女を計画に巻き込むはずがない。

そもそも、可能性が高いからと私が怪しんでいるだけで危害を加える計画がある確証もないのだ。

他の貴族の前で私に恥をかかせるだけなら、先ほどのお茶会がそうだったはずである。

だが、護衛の騎士がどう出るかは分からない。馬に近寄り、馬具に何かされていないかを確認する。

特に仕掛けは見当たらなかったので護衛が何かするのだろうかと疑いつつ、そのまま騎乗した。

「え？　何で乗れるの？」

「貴女が乗馬練習していた姿を見てきたからよ」

「そんなので乗れるわけないでしょ！」

「大きな声を出さないの。馬が驚くでしょう」

馬が驚くと聞いたセレネは慌てて口を手で押さえている。

我が儘ではあるが動物に対する愛情はきちんとあるようだ。

私達の会話が止まったのを見てそれまで黙っていた護衛が口を開いた。

「セレネ様。そろそろ地図の場所に参りませんか？」

「あ……そうね」

「では、アリアドネ様」

馬に近寄ってきた護衛は私を降ろそうと左手を差し出してくる。

右手を馬の背中辺りに置いた瞬間、馬が大きな鳴き声を上げてその場から駆けだした。

右手に針か何かを仕込んでいたのだなと冷静に分析しつつ、セレネを一瞥した後で落馬しないように体勢を整える。

興奮している馬を制御することは敢えてせずに、そのまま森の中に突っ込ませた。

馬は興奮状態のまま森に入っていき、枝に頭をぶつけないように避けながら手綱を軽く左右に引っ張っては斜め方向に行くように誘導する。

同時に馬を落ち着かせようと私は声をかけ続けていた。

しばらくして馬は落ち着きを取り戻したのか速度を落としていき、完全に止まったのを確認すると私は馬上から周囲を見回す。

「……クロードがいつも狩りをしていた場所は、ここを直進していった辺りかしら」

二十年も経っているが、森は昔とさほど変わってはいなそうだ。

クロードを罠にはめるために叩き込んだ森の地図が役に立つとは思わなかった。

何でも勉強しておくものだ……。

とはいえ、小動物エリア内ではあるが、大型動物エリアに近い場所ではある。

運が悪ければ狼なり熊なりと遭遇するかもしれない。

念のため、持ってきていた袋からとある植物などを小麦粉に混ぜ込んで小さく丸めた物を二個ほど奥に向かって投げておく。

安全は確保できていないが、周囲に人の気配もないので間違って射られる可能性も低いことから、私は心なしかしょんぼりしている馬に目を向けた。

「いきなりで驚いたでしょう。あのまま真っ直ぐ行っていたら大型動物エリアに入っていたでしょうし、言うことを聞いてくれて助かったわ」

首の辺りを撫《な》でると、馬は頭を下げてしまった。

まるでごめんなさいと謝っているようだ。

「それにしても……まさかセレネを利用するなんてね」

馬が走り出す一瞬だけだったが、私はセレネの顔を確認していた。

なんで？　という予期せぬ出来事に恐怖と驚きが入り交じっていた顔からすると、彼女は何も知らなかったのかもしれない。

ただ、馬に乗るように言って出来なかったときに笑いものにしろとでも言われていたのではないだろうか。

あの子は両親から溺愛されているし、私を傷つけるための駒になどしないと思っていた。

「後先考えないとは思っていたけれど、馬を興奮させて暴走させるとは……」

一歩間違えれば死んでいてもおかしくなかった。いや、私でなければ死んでいた。

実の娘にここまでするのか……。

アリアドネの手を汚すわけにはいかないと時間に任せるつもりだったが、その考えを改める必要がありそうだ。

「……殺さなければいいのではないかしら」

公爵夫妻の周囲から一個ずつ力を剝《は》ぎ取るぐらいであれば大丈夫なのではないか？

いや、でもそれも手を汚すことになるのだろうか？

普通が分からないから、程度が分からない。今の私の考えもやり過ぎているのかもしれないしそうではないのかもしれない。

けれど、このまま何もしなければ同じようなことがこれからも起こる。

「どちらにせよアリアドネの安全を取った方がいいわね」

綺麗事だけではフィルベルン公爵夫妻に立ち向かうことはできない。

アリアドネを守るためにも誰かを巻き込んでしまった方がいい。

できれば真っ当な人を味方に付けられれば言うことはないが……と考えたところであることが頭に浮かんだ。

「毒の知識と技術を公にすれば人からの注目を集めることができるかもしれないし、皇帝から守ってもらえるのではないかしら？」

知識があっても毒や薬を作ろうとすれば経験とセンスが必要になってくる。

配合が周知されているものならともかく、微妙な差で作るのが難しいものまではクロードも出来ないし把握出来ていないものもあるはずだ。あの子、不器用だったし。

それを私が知っていて、作れることが分かれば皇帝は味方に引き入れようと声をかけてくる。

以前は誰かを陥れるために使っていた私の力。

今度は殺すためではなく生かすために私の力を惜しみなく使いたい。

これが罪滅ぼしになるわけではないが、私が出来ることなんてこれくらいしかないのだから。

過去のことから一人でああでもないこうでもないと考えていた部分もあるが、味方が誰も居ない状態では限界がある。

「一人でなんとかしようと思っていたけれど、他の人の力を借りればいいのよ」

何も一人で頑張る必要はない。

まずは味方を作ることが大事なのではないかと、ふと思ったわけである。

敵ばかりだと気を張っていたけれど、それだとこれまでと何も変わらない。

「もう少し肩の力を抜いて、人に甘えることも覚えた方がいいのでしょうね」

まだ抵抗は残っているが、無駄なプライドは捨て去った方がいい。

もうアリアドネ・ベルネットは死んだのだから。

どうするのかある程度先のことは考えられたが、このままここで考えていても仕方がない。

フィルベルン公爵から実行に移されたのだから、まずはこの状況を最大限利用させてもらおうじゃないか。

馬が暴走したときに他の貴族の家族が数名いたから、きっとこのことはすでに報告されているはずだ。

皇帝の叔父の孫娘が乗った馬が暴走して森に入ってしまったとなれば皇帝に絶対に報告が行く。

皇帝が動けないとなれば、皇室騎士団もしくは腹心の部下であるクロードに捜索するように命じるはずだ。

なんせ皇族は皇帝一家しかおらず、皇族を補佐できるのは同じ血が流れているフィルベルン公爵家しかいないのだから。

何が何でもアリアドネを助けようと動くはずだ。

そして、クロードのいつもの狩り場に近い場所にいれば必ず彼に会えるはず。

「利用させてもらおうとは思っていたけれど、あの人の身勝手さにはほとほと嫌気が差すわね」

はぁ、とため息を吐いていると、背後からガサガサと音が聞こえてくる。

振り返ってみると、ヨロヨロとした足取りで狼が茂みの中から出てきた。

苦しそうな呻《うめ》き声を上げて二、三歩進んだところで狼はバタリと地面に倒れてしまう。

どうやら、先ほど投げたものを口にしたようだ。

麻酔と痺《しび》れる効果のあるものを入れただけなので死にはしないが、ここでも狼と遭遇するのか。

どうやら私は運が悪いらしい。いや、良かったことなど一度もないからこれが普通なのだろう。

けれど、このままここにいるのはマズい。

「少し早いけれど、ここから離れないといけないわね」

フィルベルン公爵の計画を台無しにする予定だったが、怪我をしてしまっては本末転倒だ。

すぐに馬を反転させて、来た道を戻って歩かせる。

斜めに突っ切って来たから、そのまま歩かせれば大型動物のいるエリアからは遠ざかることはできるだろう。

そうして、馬を移動させている途中でウサギや鹿を見かけることはあったが、先ほどのような狼と遭遇することはなかった。

馬を歩かせて少し経った頃だろうか、かすかに後ろの方から音が聞こえてきた。

動物だろうかと思ったが、音の感じが違っていた。

徐々に近づいてくる音は、馬を走らせているような音だった。

狩りにしては音を立てすぎていたことから、私が森に入ったことが知らされて捜索に来たのかもしれない。

クロードだったら助かるのだけれどと思いながら、馬を止めて森の奥の方を見つめていると、現れた人物を見て私はほくそ笑んだ。

黒い髪に切れ長の涼やかな目、二十年前よりも年齢を重ねて大人っぽくなっているが見間違えるはずがない。

「クロード……」

そう呟いた瞬間、彼は顔を顰《しか》めた。

しまったと瞬間的に思った。今の私はアリアドネ・フィルベルン。彼の姉ではない。

馴れ馴れしく名前を呼ぶなど失礼極まりないと気付いて慌てて口を開く。

「リーンフェルト侯爵」

「貴女はフィルベルン公爵家のアリ、アドネ嬢ですよね？　見つかって良かったです」

「そうです。……馬が興奮して走り出してしまったのですが、もしかして助けに来て下さったのでしょうか？」

「ええ。皇帝陛下から捜索するようにと命じられて探していたのです」

「陛下が……。ありがとうございます」

予想通りに事が運んだことに笑みが零れそうになりマズいと思って隠すように馬上から頭を下げると、クロードは表情を険しくさせた。

「共の者も居たはずなのに何をしていたのか……。何はともあれ怪我もなく無事で良かった」

「あの……ちょうど宝物探しの最中で護衛は居なかったもので……」

「それでも護衛は付けるべきです。あの家は何を考えているのか……」

フィルベルン公爵家のアリアドネへの対応の悪さをクロードも知っているようだ。

言葉に非常に棘《とげ》がある。

「両親も何かの考えがあってのことでしょう。ところで大変申し訳ないのですが、広場まで連れて行っていただけると助かるのですが」

「当たり前です。一人で帰すなどできるはずがありません。見知らぬ森の中に入って怖かったことでしょう」

「怖かったですが、この子がいてくれたので落ち着けました」

そう言って私は乗っている馬を撫でた。

クロードは撫でている私を見て不思議そうな表情を浮かべている。

憐れんでいる様子でもない表情に、どうして？ と首を傾げる。

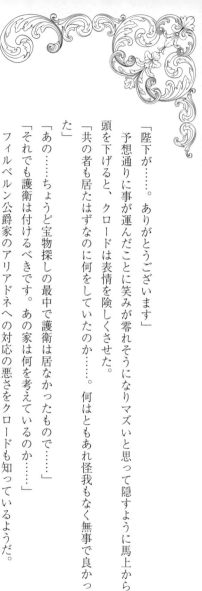

「アリアドネ嬢の進んできた方向に狼が居たのですが、見てないのですか？」

「狼？　ああ……茂みから出てきたときにはすでに弱った状態で、怖いというよりも驚いたという気持ちの方があったので、それほどでもありませんでした」

「……ああ、そうでしたか。確かに倒れていましたね。途中で毒草でも食べていたのかもしれません。弱った状態で良かったです」

ええ、本当にと言いながら、私は確か二個投げてたことを思い出してどうするべきか考えていた。

一個食べていたとして、もう一個残っている。

だが、それを見つけたとしてもクロードの姉のアリアドネがこの少女の体に入ったと彼が果たして考えるか。

まあ、普通は考えないだろう。

精々、憧れて勉強したのかもしれないくらいに考えるだけ。

いずれは明かすことも考えているが、少なくとも今ではない。

ならば余計なことは言わないでおいた方が賢明だ。

「ところで……」

何かを私に問いかけようとしていたクロードだったが、ふいに後ろを振り向くと彼が来た方向から馬に乗った男性が現れた。

目を隠すほどの長い前髪でメガネをかけた二十代前半くらいの若い男性。

「遅いぞ、ビル」

「申し訳ありません。途中で別の狼に遭遇してしまいまして……。あ、令嬢を見つけたのですね」

クロードが『ビル』と呼ぶこの青年。

風に揺れる彼の前髪から覗《のぞ》く父親譲りの目の鋭さや会話から察するに彼がエリックで間違いないだろう。

クロードが来ることは予想していたが、まさかエリックにまで会えるとは思ってもいなかった。

「無事にな。だが、君がし損じた狼と遭遇したらしい。幸い弱った状態で現れてすぐに倒れたから何もなかったそうだが」

「え！ それは申し訳ありません！」

「いいえ、驚きましたけれど大丈夫です。怪我もありませんし、ビル卿のせいでもありませんもの」

「ビル、卿」

小声ではあったが、卿と呼ばれたことに彼は不快感を示した。

今の立場であればおかしくはないが、本来であれば彼がフィルベルン公爵。

自分から跡継ぎの座を奪った男の娘から卿と言われて引っかかりを覚えるのは、少なからず憎しみの感情を抱いている証拠ではないか。

爵位を取り戻そうとしている可能性が高くなった。

「タリス男爵とお呼びするべきでした。無知で申し訳ありません」

「あ、いえ……。名前をご存じとは思わず驚いてしまっただけです」

「お名前は存じております」

真っ直ぐにビル、いやエリックを見つめる。

その視線に耐えられなかったのか、彼は視線をクロードに向けた。

「自分がアリアドネ嬢を広場までお連れします」

「ああ、頼んだ。俺は狼の処理をしておこう」

「よろしくお願い致します」

馬上から頭を下げて、エリックが先導する形で私達はその場から離れる。

歩き出したところで後ろを向くとクロードは狼が倒れている場所に行こうとしているところであった。

(毒の知識があるとバレるでしょうけれど、それはそれで好都合だわ)

毒の専門家だったベルネット伯爵家はもうおらず、毒にもっとも詳しいのはクロードしかいない。

他にも勿論《もちろん》いるだろうが彼の知識には及ばないだろう。ならば、同程度かそれ以上の知識がある者がいれば、きっと皇帝は放っておかないと思う。

地位を確立させるなら、そこに私が入るのが一番手っ取り早い。

などと考えているとエリックから声をかけられた。

「いきなり馬が興奮しだしたのですか？」

「ええ。そうなのです。妹の護衛が私を馬から降ろそうと手を伸ばしてきたときに急に暴れ出してしまって」

「護衛が……。ちなみに、その護衛は馬に触っていましたか？」

「……確か、右手を馬の腰かお尻あたりに置いていたような？　定かではないのですが……」

「なるほど……」

前を向いたエリックがボソリと「クズめ」と呟いたのを私は聞き逃さなかった。

私も心の底からそう思う。

そして、今ので彼の中で私は被害者だということが認識された。

「こういった事故は度々あるのですか？」

「いえ、馬に乗ったのは今日が初めてですので。私が下手で馬を興奮させてしまったのかもしれません」

「馬は優しい性格の動物ですので、それで興奮することはまずありません。ですのでアリアドネ嬢のせいでは決してありませんよ。それに初めてとは思えないくらいにお上手だと思います」

「そう仰っていただけて嬉しいです。上手に乗れたことを両親も褒めてくださるかしら？と思いましたけれど、このような騒ぎを起こしてしまったら怒られてしまいますね……」

「……褒められることは他にもあるでしょう」

　エリックの問いに私は下を向き力なく首を振った。

「両親は滅多なことでは私を褒めてくださらないのです。きっと長女として期待してくださっているから求めるものが高いのでしょう。ですから、私はその両親の期待に応えたいのですが、中々上手く行かないものですね。あ、申し訳ありません。このような愚痴をお聞かせしてしまって……」

「いいえ。ここには俺とアリアドネ嬢しかおりませんから。ここだけの秘密にしておきますよ」

「ありがとうございます」

　嬉しそうに見えるようにニコリと微笑みを浮かべる。

　すると、同じようにエリックも微笑みを返してくれた。

「アリアドネ嬢は真面目で努力家なのですね。怠け者に見習ってほしいくらいです」

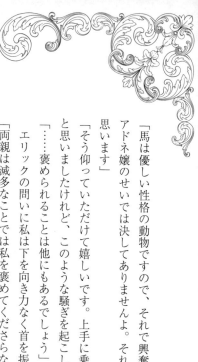

「私の努力など他の方に遠く及びません。もっと勉強をして両親に認めてもらって家族の一員になることが目標なので、まだまだです」

「認めてもらう必要などないと思いますけれどね」

「え?」

「ああ、独り言です。……そろそろ広場に出ますね。フィルベルン公爵家のテントまでお送りしますよ」

分かりやすく話を逸《そ》らされてしまったが、今の会話でエリックがフィルベルン公爵に対して良い感情を抱いていないことが分かった。

爵位を奪い返そうという気持ちがあるかまでは分からないが、公爵がクズであるという確証を持たせる種を蒔《ま》くのは成功したのではないだろうか。

最初はこのくらいで十分だ。思っていた以上に収穫はあった。

「もうここで大丈夫です。あとは一人で」

「いえ、テントまでお送りします。……それにしても四大名家の令嬢が森に迷い込んだというのに広場は静かですね」

「私のために騒ぎが大きくなるのを止めたのではないでしょうか?」

と、言うとエリックはそんなわけがあるか、とでもいうように軽く鼻で笑った。

まあ、私もそう思う。

話をしながら馬を歩かせて、私達はフィルベルン公爵家のテントの前までやってくる。

テントの前には騎士が二名しかおらず、彼らは馬から降りた私を見て眉を顰《ひそ》めた。

「セレネ様の馬に乗ってどこに行っていたのですか？」

「護衛から、我が儘を言って無理に馬に乗ってどこかへ行ったと報告を受けていますよ」

事実を知っているエリックが文句を言おうとしていたが、私は手で制した。

納得いっていないように私を見てきたが、ここで彼が目立つのは良くない。

「お母様は中にいらっしゃる？」

「ええ。泣いてしまわれたセレネ様を慰めていらっしゃいます」

「では、セレネに馬を返しに来たと伝えて」

「お姉様！」

話が聞こえていたのか、テントの中からセレネが泣きべそをかきながら飛び出してきて私に抱きついてくる。

衝撃でこけそうになるが、馬から降りていたエリックが背中を支えてくれて事なきを得た。

「ごめんなさい！　セレネが無理にお願いしたから！」

「よく見てセレネ。私は無事よ。怪我もしていないわ」

「ほ、本当に？」

「ええ」

一方、後ろに下がったセレネは上から下まで私をジッと見て怪我がないことを確認すると更に泣いてしまった。

なぜだ。

「令嬢が人前で大きな声を上げて泣くものではないわ。いつもの貴女らしくないじゃないの」

「だって……。お母様も護衛もおかしいんだもん」

「セレネ」

咄嗟《とっさ》に私はセレネの言葉を遮った。

この子はフィルベルン公爵家が普通と違うことに気付き始めている。

今、それを口にすれば都合が悪くなった両親からそっぽを向かれる。溺愛されていた日常が消えることになってしまう。

最初は嫌いなタイプだと思っていたが、この子は姉を心配して自分のせいだと反省する心を持っていた。

両親の教育のせいであんな風になっただけなのだ。ある意味彼女も被害者と言える。

中身が私になったアリアドネならともかく、溺愛されて育ったセレネがそのような対応をされて耐えられるわけがない。

気付いて反省して直そうと思うのであれば、力になってやりたい。そう思った。

だから、私は彼女を抱きしめて耳元で囁《ささや》く。

「家がおかしいことを口にしては絶対にだめ。いつものように私に接しなさい」

「で、でも」

「私と同じ対応になる可能性があるわ。貴女のためなの。良い子だから言うことを聞いてちょうだい」

「……分かった」

「良い子ね」

納得はしていなさそうなセレネの頭を撫でて私は体を離した。

もう彼女は涙を流しておらず、気丈に振る舞おうとしている。

落ち着いたのを確認すると、私は付き添ってくれたエリックに向き直った。

「保護して下さりありがとうございました。いずれこのご恩は必ず……」

「いえ、これは事故ですから。アリアドネ嬢に怪我がなくて本当に良かったです。それでは」

礼をしてエリックは立ち去っていった。

姿が見えなくなった辺りで、テントからフィルベルン公爵夫人が怒りの形相で出てきて、それはもう好き勝手に私を罵《ののし》り始める。

私は聞き流していたが、セレネは私の袖をギュッと握って公爵夫人から目を背けていた。

⚜

アリアドネ嬢をビル、いやエリックに任せて俺は狼が倒れている場所に戻ってきていた。

彼女は弱った状態で現れたと言っていたが、何か引っかかったのだ。

相手は人を騙《だま》す術《すべ》も完璧ではない十二歳の少女だというのに、何か違うと俺の勘が訴えている。

杞憂であることを確かめるため、俺は狼に近づいた。

「……死んではいない。寝ているだけ？　だが、この森にはそういった植物や毒草はなかったよな……」

エリックが仕留めそこなったときは、矢が擦《かす》ってもいなかったはずだ。

矢には毒も塗ってないから自然にこうなるはずもない。

狼は本当に寝ているだけのように見える。まるで二十年前のあの毒殺事件の被害者のように、だ。

「あのときの材料も何もかも処分しているから二度と使われることはないはずだし、実際今までも使われていない。考えすぎか……」

どうも、アリアドネ嬢が姉上と同じ名前だから余計なことを考えてしまったようだ。

それに彼女と対峙したときに姉上と話しているような錯覚に陥ったことも関係しているのかもしれない。

また、この間姉上のお金や宝石が入った隠し財産の一部がなくなっていた件も関係している。

生前、何かあったときのためにと場所を分けてお金を隠していたことは知っていたし、その場所も見つけて盗まれないように監視はしていたのだが、いつの間にか空になっていた。

そのことで少々過敏になっているようだ。

「同じ名前なだけで、本人なわけがないというのに……」

久しぶりに姉上のことを思い出して少々感傷に浸ってしまう。

同時に後悔が押し寄せてくる。

だが今は感傷に浸っている場合ではないと、すぐに俺は頭を振った。

「狼に外傷はない。息もしている。呼吸が浅くなったり死にそうになってるというわけでもない。皮膚や目に変化もない」

疲れてただ寝ているのかと思ったが、野生動物がこんな無防備に眠るわけがない。

何か理由があるはずだ。

「方向から考えるとアリアドネ嬢はこっちを向いていた。なら、狼はあちらの方向から出て来た？」

立ち上がり、狼が出て来たであろう茂みの奥を見てみる。

すると少し離れたところに白く丸まった物が地面に転がっているのを見つけた。

素手で触らないようにハンカチを手袋代わりにしてそれを拾う。

見た感じは普通の餌のように見える。所々に緑色のものが見えることから、何か練り込んであるようだ。

二つに割って緑色のものをほじくり出し、匂いを嗅いでみる。

「グアラの茎か？　それとフィーレの葉を煮詰めた汁も入れたのか？」

グアラの茎は睡眠作用があり、フィーレの葉を煮詰めた汁は痺れの効果がある。

どちらも知名度はあるが、個別だと効果が出るまでは緩やかだし、組み合わせて使うことも稀《まれ》だ。

だが、上手く組み合わせると睡眠効果が上がり、ものの数秒で眠りにつくことができる。

姉上が発見したものだからよく覚えている。

「問題は作れる人物が帝国内にいないということだな」

配合の常に微量な差で効果を発揮しなくなることもあって簡単には作れるものではない。

姉上であれば容易に作れるものではあるが、そんなものがどうしてこんなところに？

ここにあるということは誰かが作ったということになるが……。

だが、作れる人間は帝国にはいない。

「単純に考えればアリアドネ嬢だが……」

この場に居た唯一の人物だから、一番に怪しむべきは彼女。

彼女のことを詳しく知っているわけではないが、毒や薬に詳しいなどという話は聞いたことがない。

大体、十二歳の少女が作れるとも思わない。

けれど、他にこれを置ける人間に心当たりがないのだ。

「仮に、彼女が作ったとしたら……」

ありえない話ではあるが、もし、もしもだ。

仮にそうだとしたら、帝国はとんでもない人材を手に入れられるのではないだろうか。

しかし、あまりに都合の良すぎる考えに思わず鼻で笑ってしまう。

皇族の数が減り、これ以上の減少は止めなければならないことから、外部からの攻撃に対応するため毒の知識のある者を帝国は求めているから。

「……姉上さえ居てくれれば」

帝国で毒の知識と作成において姉上の右に出る者はいなかった。

また、政治にも精通していて相手の裏をかくことにも長《た》けていた。

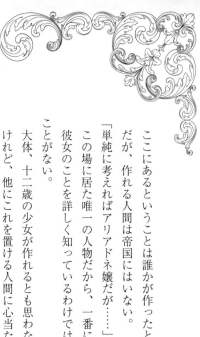

策を練らしても標的以外は巻き込まないその手腕はかなりのもの。

これからの帝国に絶対不可欠な人だったのに、姉上は殺されてしまった。

あの場に俺がいたら止められたはずだったのに……。

姉上は決して殺されるような人ではなかった。

ただ、毒を作って利用されていただけ。使われたのは姉上の意思ではなかったし、ただあのクズに認められたい一心で研究していただけだった。

ああなる前に俺がもっと歩み寄って話し合うべきだった。

俺が死なせてしまったようなものである。

「だからせめて姉上の汚名をそそぎたかったのに……」

それなのに姉上は今も稀代の悪女と言われ、忌み嫌われている。

いくら四大名家の一人となっても、俺一人の力ではどうすることもできなかった。

このままでは姉上に顔向けができない。

何も変えることができない自分が悔しくて仕方がない。

「また、姉君のことを考えていたのですか？」

突然声をかけられ、俺はピクリと体を震わせた。

振り返ると呆れたような顔でエリックがこちらを見つめている。

「いきなり声をかけないでもらえるか」

「終わりそうもなかったもので。それよりもきちんとアリアドネ嬢をお送りしてきましたよ」

「ああ。助かったよ。ありがとう。で、初めて目にしたフィルベルン公爵家はどうだった?」

「腐ってましたね」

心底軽蔑するようにエリックは吐き捨てた。

普段、温厚な彼が言うくらいだから相当だろう。

「そこまで露骨だったのか?」

「露骨も露骨ですよ。何なんですか、あの家は。生まれたばかりの俺を排除して爵位を奪ったのは俺の運がなかったからで納得できますけど、あんなに無能でクズの集まりだとは思いもしませんでしたよ」

「無能とクズまで言うか」

「騎士は、アリアドネ嬢が妹の乗っていた馬を無理やり奪って行ったって言ってたんですよ?　彼女の話から判断すればセレネ嬢の護衛が馬に何かをして興奮させたから起こったことなのに。つまり、上の人間がそうするように命じたということです。アリアドネ嬢を探す様子もなかったのが証拠でしょう。それに彼女は馬に乗るのが初めてだとも言っていました。これが無能でクズじゃなければ何なんですか」

よほど腹が立ったのか、エリックは止まらない。

だが、馬が暴走して森に入ってしまったというのに、あの家の対応の悪さは俺もどうかと思う。

これがフィルベルン公爵の命令であったなら全て辻褄《つじつま》が合うが、さすがに娘が最悪死ぬことになるかもしれないのにやるだろうか？

と考えたが、忌まわしき実父のことを思い出して、やる人間はやるという結論に至った。

ああ、そういえば……。

「……確か、陛下に報告したのはフィルベルン公爵家ではなかったな」

「はあ!?　本当に何なんですかあの家は！　娘をなんだと思ってるんですか！」

「落ち着け」

「落ち着いていられますか！　仕事ができなくても、家族間が上手くいっていれば俺が波風立てることもないからと自力でのし上がろうとしているってのに」

「娘にアリアドネと名付けている時点で上手くいっているわけがないだろう」

認めるのも嫌だが、姉上の名前は今も忌み嫌われている。

事件当時赤子だったエリックはあまりピンときてないかもしれないが、当時の記憶がある者はわざわざ娘にその名前を付けたりなどしない。

「俺はリーンフェルト侯爵から姉君のことをよく聞いていたから、そこまで嫌悪感はありませんけどね。それよりも、他家のことに口を出すのは良くないことですが、アリアドネ嬢への対応は度を超えています。何とかして彼女を助け出せないでしょうか？」

「可哀想だから助けたいなんて、考えが甘いな」

「甘くて結構です！　俺は……純粋に両親を信じて認めて欲しくて努力する謙虚な従妹《いとこ》を見捨てることはできません」

親を信じて認めて欲しくて努力する……。

その言葉に俺は頭を殴られたような衝撃を受けた。

同じ名前なだけだと思っていたが、まるで姉上のように盲目的なまでに親を信じている少女。

決して認められるはずがないのに、愛されようと叶《かな》うわけもない夢を見て努力することの一途さ。

結果、どうなったかは俺が一番よく知っている。

「ここでアリアドネ嬢を見捨てたら、俺は絶対に後悔します」

「そ、うだな……」

「リーンフェルト侯爵もそうなのでしょう？　今も後悔してる」

エリックの言う通りだ。俺はずっと後悔している。

あのときこうしていたら、という感情に今も捕らわれている。

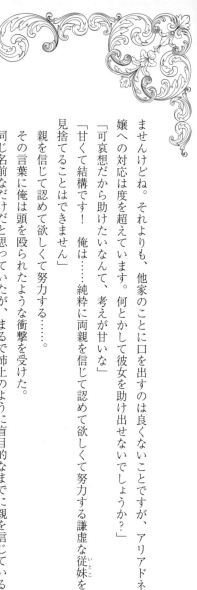

「だったら、今度こそ助けてあげてください。同じ名前なのも何かの縁です。姉君もきっとそうしろと言うのではないですか？」

「姉上がそういうことを言うのは想像が付かないが、そんなこともできないの？　と高笑いをするのは想像がつくな」

「高笑いするタイプなんですね……」

する。姉上は絶対にする。

相手を挑発するのが得意だった人だ。今も俺を見てニヤニヤと笑っているかもしれない。けれどもし……もしも、アリアドネ嬢を助けられたら姉上は俺を褒めてくれるだろうか？

よくやったと頭を撫でてくれるだろうか？

ずっと望んでいたことをしてくれるだろうか？

「また何か別のことを考えていますね……」

「うるさい」

もうこれは癖なのだから、毎度指摘しないで欲しい。

姉上のことはともかくとして、エリックがアリアドネ嬢を助けたいという理由でフィルベルン公爵家に関わろうという気持ちになってくれて良かった。

「ところで、アリアドネ嬢を助けてどうするつもりだ？　フィルベルン公爵の座ももらい受けるのか？」

「そこは……まだ考えていません。犯罪を犯してもいないのに奪うのはあの男と何も変わらないじゃないですか」

「娘を差別して虐めていたとしても？」

「……法律上では罪を犯しているわけではありません。悔しいですが……」

確かにその通りだ。差別くらいの家族間の揉《も》め事《ごと》に国は介入できない。精々、ヘリオス陛下が苦言を呈するくらいのものだ。

今回の件だって証拠があれば親子を引き離すことは可能かもしれないが、証拠がなければ手出しも出来ない。

「ですが、アリアドネ嬢をあの家から引き離す方法があるはずです。あの家にいればいつか殺されてしまうかもしれません」

その可能性は否定できない。

今日だってただアリアドネ嬢の運が良かっただけで死んでいてもおかしくはなかった。

どうもフィルベルン公爵は皇族が皇帝一家だけだから、次いで地位が高いと勘違いしているのかもしれない。

実際に皇族の数が少なく補佐する血縁が必要だったからヘリオス陛下が大目に見ている部分もあるにはある。

だが、陛下はとっくに仕事のできないフィルベルン公爵に見切りを付けている。

エリックが公爵の正統性を主張するのならヘリオス陛下は喜んで手を貸すだろうが、彼にはまだその気はない。

アリアドネ嬢を助けたいとフィルベルン公爵家に関わろうと意識しただけでも良かったと今は思うべきだろう。

問題のアリアドネ嬢に関しては、フィルベルン公爵が罪を犯していなくても彼女が毒に詳しく作成にも精通しているとすれば助けることは可能だ。

「これから忙しくなるな」

未だに憤っているエリックを横目に見ながらポツリと呟いた。


狩りに出ていた大人達が戻ってきて和気藹々《わきあいあい》と結果を見ながら談笑している最中、皇帝がフィルベルン公爵夫妻と私を自分達のテントへと呼び出した。

中に入ると皇帝とクロード、それにエリックが張り詰めた空気の中で私達を待っていた。

何を言われるのか全く分かっていないフィルベルン公爵夫妻は友好的ではない空気に戸惑いを隠せないでいる。

心当たりがなさそうな公爵夫妻の様子を見て皇帝はため息を吐きながら口を動かした。

「なぜ呼び出されたのか分かるか？」

「え？　いいえ……。狩りの最中に獲物を横取りしてしまったのでしょうか？」

フィルベルン公爵の返答に皇帝は頭を抱えて項垂《うなだ》れた。

ここまで話が通じないとは……と思っているのだろうか。

「一体どうなされたのです？　娘まで呼び出すとは、まさか娘が何か失礼をしたのですか？」

「確かにこの子はセレネの馬を奪って森に入りましたが、それはこの子が勝手にしたことで」

「……森に入ったことを知ったのはいつだ？」

「あの……すぐにセレネが泣きながらテントに戻ってきましたので」

「では直後には知っていたということだな」

「はい。なんということをしでかしたのだと頭が痛くなりましたわ」

頬に手を当てて困ったものです、とフィルベルン公爵夫人は述べているが、皇帝やクロード、エリックは目を鋭くさせている。

私が余計な口出しをしなくても皇帝から雷が落ちそうだ。

「ならば、なぜ私に何の報告もしなかった。知らせが入ったのはあの現場で乗馬の練習を

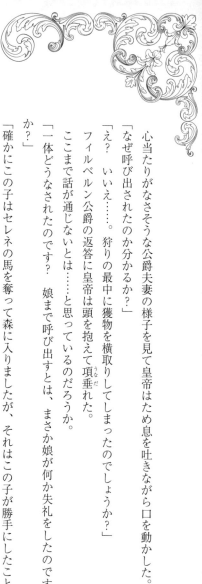

していたプロッグ子爵の従者からだ。今に至るまでフィルベルン公爵家から何の音沙汰《おとさた》もないとはどういうことだ」

「娘が勝手にしたことをご報告するまでもないと思ったのです」

「その娘は皇位継承権を持っているのにか？」

「持っていても第六位ではありませんか。そこまで影響はございませんでしょう？」

「影響があるなしの問題ではない！　皇位継承権を持つということはそれだけで尊い存在であるということだ！　なのにその家は私に何の報告もしない。皇室を軽んじていると思わざるを得ないな」

皇帝の言葉を聞いた私はそうだった……と初めて気付いた。

先代皇帝の弟の孫なのだから当然皇位継承権を持っている。二十年前は皇族も今よりいたこともあるし、何より私はアリアドネ・ベルネットとしての意識の方が強い。

だから、皇位継承権を持っていることが頭からすっぽ抜けていた。

フィルベルン公爵夫妻も全く思い至ってなかったのか青ざめている。

「そのようなことはございません！　我が家の揉め事をわざわざ陛下にお知らせする必要もないと思ったのです！」

「そうでございます！　いつもセレネを虐めているので、今回も同じだと思ったのです！」

「公爵達の行動や言動を考えるとセレネを虐めているというのも本当かどうか分かったものではないな」

「そんな……！　私共は陛下を軽んじてなどおりません！　私共の言葉を信じて下さい」

「報告がなかった時点で信用することなどできん」

とりつく島もない様子にフィルベルン公爵夫妻は怯えて黙ってしまった。

二人が静かになったのを見ると皇帝は優しげな笑みを浮かべて私に視線を向けてくる。

「森の中に入って怖かったことだろう。怪我もなく無事で良かった」

「リーンフェルト侯爵がすぐに見つけて下さったお蔭です。それにテントまでタリス男爵がついていて下さったので心細くもありませんでした。改めてお礼を申し上げます」

二人に向かって頭を下げるが、皇帝は苦笑しながら口を開いた。

「皇位継承権を持つ者がそう簡単に頭を下げてはならぬ」

「申し訳ございません。あまり皇位継承権を持っていることを考えたことがなかったもので……」

「む、娘は勉強嫌いでマナーの授業もサボりがちでして……！　ですので不出来な部分があるのです」

決して自分達が教えていなかったのではないと見苦しく言い訳を繰り出すフィルベルン公爵。

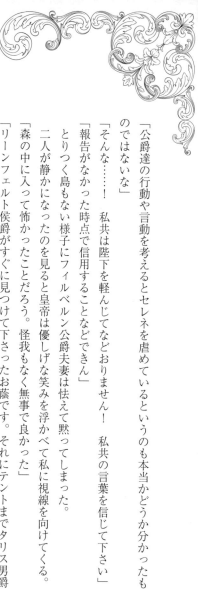

彼に向ける皇帝の眼差しはそれは冷たいものであった。

「その割に言葉遣いや所作は申し分ないが？　以前からそなたらのアリアドネに対する態度には思うところがあった。だが、今日のことを踏まえると娘のことを心配もせず必要な教育もせぬそなたらにこのまま任せておいていいのか疑問が残るな」

「陛下が不安に思わぬよう縛ってでも教育を受けさせますので、どうか……」

「縛って受けさせる教育に何の意味があるというのだ。虐待とも言えることを口にするそなたらの言うことは信用できぬ」

「虐待などしておりません！」

「では、それをどう説明する？　私が何も知らぬと思うなよ。アリアドネが公爵家でどういった扱いを受けているのか全て耳にしている」

「それはセレネを虐めた罰にございます！　本当に我が儘で陰気でどうしようもない子供なのです！」

「そうか？　私の目の前にいるアリアドネはとてもそうは見えぬがな」

背筋を伸ばして真っ直ぐ前を見る姿。皇帝に怯えることなく自分の口で淀みなく言葉を発するところを見たら、どこが我が儘で陰気なのだと思うだろう。

私の扱いの悪さを知っていたというし、その環境下でよくやっている、という評価になるのではないか。

私が何も言わなくても勝手に墓穴を掘ってくれるから助かる。

後ろめたいことしかない人達だから余計にだろうが。

「娘は外面が良いのです。家では酷いものなのです。本当に家での娘を見ていただきたい」

「ならばそうしよう」

「はい？　そうしようとは？」

「そなたの言うことが真《まこと》か、私の耳に入った噂が真か確かめよう。ここにいるタリス男爵をフィルベルン公爵家に送ろうではないか。外面が良いと言うのであれば常に側にいれば仮面も外れよう」

「お待ち下さい！　タリス男爵は財政部に所属しているはずです。陛下やタリス男爵のお手を煩わせるわけには参りません」

実際に見られたらアリアドネを差別していることが分かってしまうのでフィルベルン公爵は必死だ。

私としては個人行動が取りにくくはなるが、フィルベルン公爵が簡単に手出しできない状況になるので歓迎だ。

生前は腹黒皇子だの言っていたが、やはり皇帝になるだけあって優秀な人である。

決断力とすぐに実行に移せる柔軟な思考。この人が皇帝でいる限り、帝国は安泰だろうな。

「タリス男爵は北部での仕事を終えているし、しばらく休暇を取らせる予定だったから心配はいらぬ。優秀な男だからアリアドネの教育も任せれば良い。そなたの言うことが真であればアリアドネは妹を虐められぬし、大人しくしてくれるのだから助かるだろう？」

「あ……ぐ……」

「その代わり私の耳に入った噂が真であった場合、アリアドネは然《しか》るべき家に預ける。良いな？」

問いかけてはいるものの、有無を言わせぬ強い口調。

初めからエリックをフィルベルン公爵家に送り込むためにやったことだろうな。

このようなことになるのであれば家具や服を買うべきじゃなかったなと私は後悔した。

けれど、ボロを出すのは私ではなくフィルベルン公爵夫妻。

エリックの力を借りれば、遠からず私はあの家から離れることができる。

策士だなと思って見ていると、決定事項だということに気付いたのかフィルベルン公爵はガックリと肩を落として口を開いた。

「……承知、致しました」

「では、明日タリス男爵にはフィルベルン公爵家に向かってもらう。使用人の数は帝国でも一番多いのだから客室の準備はすぐにできるであろう」

「え？　私の屋敷に滞在するのですか!?」

「当たり前であろう。金のことならこちらで工面するから心配には及ばん」

「は、はい……」

滞在するとなると誤魔化す術が思い浮かばなかったのだろう、フィルベルン公爵は呆然としている。

公爵夫人も唖然《あぜん》として夫の顔を凝視していた。

そして私は心の中で祝杯を挙げたのだった。

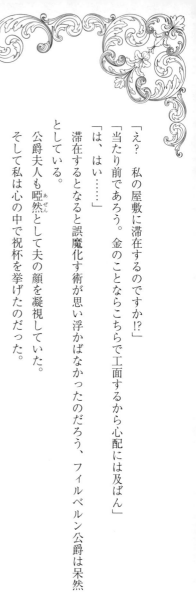

〔第4章〕 新たな出会い

翌日、皇帝の言葉通りエリックがフィルベルン公爵家にやってきた。

あの場では責められていたから顔を見る余裕もなかっただろうが、改めて対面すればエリックだと気付かれる可能性もあるのに、大胆なことをするものである。

けれど、私の心配をよそに前髪で目が隠れてメガネをかけていたこともあってかフィルベルン公爵は気付く気配すらない。

彼はエリックに簡単な挨拶を済ませると、私に、屋敷を案内した後はドレスでも買ってこいと外出を指示して仕事場に行ってしまった。

屋敷にいて私に対する態度などを見られるのが不都合だと思っているのかもしれない。

けれど、今日一日を無難に終えたところでしばらくは続くのに、本当に目先のことしか考えない人だ。

私としても外出できるのは助かるから別にいいのだが。

二十年前とは地図も多少なり変わっているだろうし、前回は家具やドレスを買いに行っただけなので隅々まで見ていない。

観光ついでにエリックに案内してもらおう。

残された私はエリックに視線を向ける。

「本来なら休暇のはずでしたのに、ありがとうございます」

「いえ、皇帝陛下からの命でしたし、個人的に思うところもありましたので問題ありません。ところで、外出せよとのことですがどこか行きたい場所などありますか？」

「そうですね。特に何かを買いたいということではないのですが、観光……というか皇都の名所を見てみたいのですが」

「そんなことで良いのですか？」

「あまり外に出ることもありませんので、ゆっくりと皇都を見て回りたいのです」

「アリアドネ嬢が良ければそれで構いませんが……」

「ではよろしくお願い致しますね」

ニッコリと笑ってエリックと二人で馬車に乗り、皇都観光に出発した。

馬車内では皇都を流れる川の名前や自然公園のこと、美味しいケーキのお店などの情報まで細かく彼は教えてくれる。

たまにあそこでサボっているんですよ、なんてこちらを笑わせるようなことも言ってくれて緊張をほぐそうとしてくれているように思えた。

なんとも和やかな空気が馬車内に流れているが、ふとエリックの纏《まと》う空気が変わったのに気が付いた。

「ところで、アリアドネ嬢はいつもどのように過ごしているのですか？」

「主に書斎で読書ですね。あとは庭に出たりしておりますが、大半は部屋にいることが多いと思います」

「……四大名家のひとつですよね？」

令嬢に対する扱いではないというエリックの気持ちがヒシヒシと伝わってくる。

ここで不満を言うのは得策ではないので苦笑しながら口を開いた。

「見て学べということなのでしょう。不便はしておりませんので大丈夫です」

普通に礼儀作法や教養などは身についているから問題もない。

だが、エリックが側《そば》にいるとなると何もしない時間だけになるのは申し訳ないし、話題にも困る。

何か良い方法はないものだろうか。

「ですが、一日を部屋で過ごすのもつまらないでしょう？　何かしてみたいことなどありませんか？」

「してみたいことですか？」

してみたいことならある。

絶対に言えないが、フィルベルン公爵の執務室に入って家捜ししたい。

これは寝静まった頃に侵入すればできることだし、その内やろうと思ってはいる。

だって確実に何かやましいものをフィルベルン公爵は隠していそうなのだもの。

という思考はさておき、他にしてみたいことは様々な人と交流を持つことだろうか。

味方を増やしたいということもあるし、色々な情報を得るのに一人では限界があるからだ。

「沢山の方と知り合いになって交友関係を広げたい、と思っておりますね」

「友達が欲しいということでしょうか？」

「……そういうことになりますね」

つい忘れてしまうが、私は十二歳のアリアドネだった。

子供らしさも忘れてはいけない。

気を緩めないようにしないと、と考えていると一瞬、歩道で人が倒れている姿が目に入った気がする。

すぐに通り過ぎたから見間違いかもしれないが、確かめたい。

「馬車を止めて下さい」

エリックがすぐに馬車を止めてくれて、私は外に出る。

馬車の後方に目をやると、やはり見間違いではなかったようでシスター服を着た初老の女性が倒れていた。

周囲には孤児と思《おぼ》しき服装の子供が居て心配そうにシスターに声をかけている。

「どうしたのかしら？　大丈夫？」

私が子供に声をかけると彼らは焦った様子で私にしがみついてきた。

慌ててエリックが子供達を私から遠ざけて話を聞く。

それによると、シスターと思っていた女性は孤児院の院長で彼らは孤児院で育てられている孤児。

買い物に行った帰りに突然院長が倒れたらしい。

元々体が丈夫ではなく、最近になって節々が痛むこともあり薬を飲んでいた。常用している薬の効果が切れたのかもしれないとのことだった。

「では、馬車で孤児院まで送りましょう。孤児院に薬はあるのよね？」

「う、うん」

「運ぶのは構いませんが、フィルベルン公爵が何と言うか」

「私が怒られれば済むことですもの。大丈夫です」

エリックに笑顔を見せた後で、院長を馬車に乗せて孤児院へと向かった。

さすがに馬車に子供は乗せられないのでエリックが連れて帰ってきてくれることになった。

(以前の私だったら人が倒れていても無視していたはずなのに、どうして)

自分でもなぜこのような行動をしたのか理解出来ない。

人を殺《あや》めてしまった分、それ以上に人を助けたいと感じているからだろうか。

「今はそれよりもシスターの容態ね。随分と悪いみたいだけれど」

息は荒く目の焦点も定まっていない。脈も弱い。口を開けてみると舌が一部紫色になっていた。

まさかと思って下まぶたをめくってみると白い斑点が片側にあった。

（帝国内では禁止されている薬物を常用している人と似た症状だわ。まだ軽度のようだけれど。確か当時から裏でしか流通してなかったはずなのに、どうして院長が？）

何か新しい発見があって解禁でもされたのだろうか。

けれどこの症状が出ているとするならば、あの皇帝が許可を出すとは思えないし、裏稼業でもない平民が使用できているのもおかしい。

（そういえば痛みが出てきたとかで薬を服用していたと言っていたわね。あの薬物、ラディソスは副作用が酷いけれど感覚が麻痺《まひ》して痛みを忘れさせてくれるし、気分が高揚するからって怪我人の他、よろしくないパーティーで使われることもあった……）

まさか痛みを忘れるために使用したのだろうか？

禁止されているにも拘《かか》わらず院長が？

どういうことなのだと疑問に思っている間に馬車は孤児院に到着した。

孤児院にいた他の大人達によって、院長は自室へと運ばれていく。

私も付いていって院長の部屋に入り、他の人に薬を持ってきて欲しいと頼んだ。

薬は部屋にあったのですぐに私に渡される。

紙に包まれていたそれを開いて中の粉の匂いを嗅いでみる。

（ラディソスの匂いが微《かす》かにする……。目にもくるし使われているのは間違いなさそう。でも他のものと混ぜられている？　だから軽度の症状で済んだのかしら）

他に入っているものは舐めれば分かるだろうが、毒に耐性があった生前とは違って今舐めたら面倒なことになる。

ひとまずラディソスが使われていたことは確定したので、使用をやめてもらわなければ。

そうこうしている内に子供達を連れ帰って来てくれたエリックが部屋に入ってくる。

「院長の様子はどうですか？」

「良くはないですね。ところでラディソスは今も禁止されているのですよね？」

「ラディソス!?　あんな危険な物が許可されるわけがないですよ。実物を見たことも一度もありません。ですが、どうしてその名前を？」

「この粉薬に入っていました」

そう言って私は手に持っていた粉薬をエリックに見せた。

だが、彼はそれを見てもピンときていないようで首を傾げている。

毒や薬の知識がなければ判別は難しいか。

「アリアドネ嬢はどうしてラディソスが入っていると分かったのですか？」

「……本、で……読んだもので」

禁止されているものだったから、つい熱くなってしまった。

まあ、優秀な人間だから本で読んだだけで分かると思ってくれるだろう。クロードがそうだったし仲が良いからそういう人も存在すると思うに違いない。

チラリとエリックを見ると彼はポツリと「リーンフェルト侯爵だけじゃないんだ……」と呟いた。

誤魔化しは一応成功したようだ。

「ですが、ラディソスが使われているとなると大問題です」

「でしょうね。流通しているとなると密輸した人間がいるということですもの」

一瞬だけその密輸した犯人をフィルベルン公爵に押しつけようかと思ったが、白を黒にしてはいけない。

「誰か、院長がこの薬を誰から貰ったかご存じですか？」

「あの」

そう言って、別の若いシスターが手を挙げた。

彼女によると孤児院は子供達にかかるお金が第一のため、薬を買うお金もなかったようだ。

いつもの医者や薬屋からも買えず、最近皇都に来たという見慣れぬ医者から格安でこの薬を手に入れたらしい。

薬を飲むと院長の症状も軽くなり、いつも通りに動けるようになっていたのでその医者に感謝していたと。

けれど、薬が効く時間が徐々に減っていてついに今日、まだ服用して少ししか経っていないにも拘わらず倒れたとのことだ。

「こちらの薬にはよろしくないものが混入しておりました。ですので、今後は使用しないで下さい。元々体が弱いとのことなのでチネシスの根の絞り汁を飲むと良いかもしれません。薬みたいに即効性はありませんが続ければ効果があるので。それに関節痛にも効きますしね」

「チネシスの根、ですか？　あんなどこにでも生えているものが効くと？」

「信じられないのであればそれでも構いません。ですが、この薬を飲み続ければいずれ死に至ります。これは痛みを麻痺させて気分を高揚させる効果しかありませんから、体調が良くなったと勘違いしているだけなのです」

「ええ⁉」

良くなっているはずなのに死という言葉を聞いたら混乱もするだろう。

幸いラディソスは依存性がないし、服用をやめれば体から抜けていくはずだ。

「ひとまず服用はやめて下さい。こちらの薬の成分をリーンフェルト侯爵に頼んで調べてもらいます。それで結果が出ればそちらも納得されるでしょう」

「勝手に約束していいんですか？」

「ラディソスなのですから、リーンフェルト侯爵は動かざるを得ないはずです。専門家はあの方しか居ないのですから」

なるほど、とエリックは呟いた。

「薬を売りに来てももう買わないで下さい。その際、よくない成分が入っていることは絶対に言わないようにお願いします。民間療法を試してみるとでも言って追い返していただきたいのです」

「ですが……」

若いシスターはまだ納得していないようだ。

名前も知らぬ貴族よりも、良くないものとはいえ一時的にも効果があった薬を持ってきた医者を信じたい気持ちは分かる。

「院長の口を開けて舌を見て下さい。一部が紫色になっていますよね？　それに右の下まぶたをめくったら白い斑点がいくつかあると思います。服用をやめればそれらも消えてなくなります。まずはそれを確認してから私の話が信用に値するか判断してもらって構いません」

ここまで言ったところでようやく若いシスターは戸惑いながらも頷いてくれた。

後はチネシスの根の絞り汁をどれくらい飲めばいいのかなど作り方を教えて私とエリックは孤児院を後にした。

勿論、あの薬はクロードに渡す必要があるのでひとつだけ貰って。


屋敷に戻って夕食を済ませた後、私は一人自室に戻っていた。

エリックはクロードに薬を渡すために今は屋敷を離れているため、私は一人で悶々《もんもん》と考え込んでしまっていた。

(二十年前ならヘリング侯爵が裏で手を回していたでしょうけれど、今はいないいけれど、処刑されたとも死んだとも聞いていないから上手く逃げたのかもしれない。

それならば帝国内の協力者を通じてラディソスを流通させることは不可能ではないだろう。

でもこれはただの憶測であって証拠もない。

見知らぬ医者が薬を持ってきたというから裏のルートがあるのだろう。

個人的に調べれば犯人が分かるだろうが、エリックが側にいるのに個人行動は出来ない。

ならばそれ以外で私ができることをするしかない。

とはいってもできることなんて限られているけれど。

などと考えていると、バルコニーのある窓からコツンという何かが当たったような音が聞こえてきた。

不思議に思ってカーテンを引くと、バルコニーの縁に座って部屋を見ているエドガーがいた。

そうか。彼に依頼すればいいのではないかと閃《ひらめ》いた。

窓を開けてバルコニーに出るとエドガーは神妙な顔をして私を見ている。

「いきなりどうしたのかしら？　私に何か用？」

「まずは感謝の言葉を言わせてくれ。ありがとう」

「何のこと？　私、感謝されるようなことをした覚えはないのだけれど」

「孤児院の院長を助けてくれただろう。あの院長は俺の命の恩人でね。十代の頃にバカをして道端で怪我だらけで倒れているところを孤児院で治療して助けてくれた。こんなごろつきに対してね」

なるほど。そういうことか。

情報ギルドの伝手《つて》を使って院長のことを知って私に会いに来たということ。

感謝される理由は分かったが、まだ私は院長を助けたわけではない。

「正確に言えば私は院長を助けたわけではないわ。ただ、薬の使用を止めただけよ」

「それでも十分さ。ラディソスの危険性は知識として知っているからね」

「さすが情報ギルド……と言いたいところだけれど、院長の様子に気が付かなかったの？」

「新しい薬が合ってたんだなとしか思っていなかったよ。俺の落ち度だね。舌のことや下まぶたのことまで知らなかったから気付きもしなかった。それに裏の人間が表の人間に不用意に近づくこともできなかったってのもあるかな」

「まあ、禁止されているものだから使用している人がどうなるかなんて実際に見たこともないでしょうしね」

「その通り。でも君は気付いた。普通は知らない体に表れる異変までも」

子供が知っているのはおかしいし、異変だって実物を見たことがないのだからそれでラディソスだと判断するのはもっとおかしい。

本で読んだから、で納得は……しないだろう。

エドガーは感謝しているものの、私が何者なのか訝《いぶか》しんでもいる。

「詮索したいのかしら？」

「まさか。これは情報ギルドの長の悪い癖が出ただけさ。気になるのは確かだが、命の恩人を救ってくれた人に仇《あだ》なすことはしないよ。それに俺としては君に力を貸したいとも思っているんだから」

「それはつまり情報ギルドを好きに使っても良いということ？」

「平たく言えばそうなるかな。ああそれと、これは返すよ」

そう言ってエドガーは金貨三枚を私の手に乗せた。

金にがめつい情報ギルドの長がお金を返すなど、院長は彼にとってとても大きな存在のようだ。

意図しないところで私は彼の信頼を勝ち得たらしい。

「いらないわ。これは私の依頼を受けた報酬でしょう？　そこはなあなあにしてはいけないわ。貴族の言いなりになるしかなくなるわよ」

「だから君は信用できるんだよねぇ」

「それはどうも……！　お金は返すわ。私は味方が欲しいけれど部下は欲しくないのよ」

エドガーは手を出そうともしないので服の胸ポケットに無理やり金貨を戻した。

苦笑しているが嫌悪感はなさそうである。

「けれど、いつでも利用できる情報ギルドがあるというのは非常に助かるわ。正規料金をお支払いするから対等に仕事を請け負ってちょうだい」

「君がそう言うなら、そうしようかな」

「……自分の意思はないの？」

「君に力を貸したいというのは俺の意思だと思うけど？」

ああ言えばこう言う男だ。

だが、エドガーの助けが得られるのはありがたい。

早速考えていたことを実行するために依頼をしようじゃないか。

「ありがたく受け取るわ。ところでいくつか依頼があるのだけれど」

「なんなりと」

「では……」

その依頼はこれから私がやることに必要なもの。

全て伝え終えるとエドガーは口元に笑みを浮かべて「任せて」と言ってくれた。

さて、では屋敷で私ができることをしようではないか。

とはいえ、フィルベルン公爵の執務室に忍び込んで家捜しするだけだけれど。


一週間ほど経った日の夜、エドガーから目当ての物を仕入れた私は最後の罠を完成させた。

罠の始まりを知らせる大事な手紙だ。伝書鳩にくくりつけて飛び立つ鳩を見送る。

(しばらく公爵はエリックを避けて屋敷に居なかったけれど、皇帝から注意されたそうだから今日の夜に帰ってくるはず。明日の朝に配置しておいてくれれば単純だからすぐに反

応するはずだわ）

数日前にフィルベルン公爵の執務室に侵入してある物をゴミ箱から偶然見つけ、適切な場所に移動させておいた。

後は寝静まった後でそれを回収して、別の手紙をエドガーが門のところに置いてくれれば終了だ。

また予想外の発見もあったので、あれはエリックにあげようと思う。

上手く揺さぶられてくれたら万々歳だと思っていると、部屋をノックする音がした。

ドアを開けると両手に色んな物を持ったセレネが申し訳なさそうな顔をして立っている。

「どうかしたのかしら？」

「これ、返そうと思って……」

「返す？」

何のことか理解できなかったが、セレネが持っていた黄色のリボンを見た瞬間に把握した。

彼女は今まで私、というかアリアドネにねだって貰っていったものを返しに来たのだろう。

「どういう心境の変化があったのかしら？」

「……狩猟大会のときにお母様や使用人の態度を見て、私やお父様達が間違っているんじゃないかって思ったの。それで、改めてお姉様には悪いところが本当にあるのかって思うようになって。これまでのセレネの態度が良かったのか不安になって色々考えて」

「それで自分が間違っているということに気付いたと」

「うん。お父様達が言うからそうなんだろうって勝手に思い込んでお姉様を傷つけてた。本当にごめんなさい」

疑問に感じてから理解するまでが早い。

さすが優秀で人格者と謳《うた》われた先代のフィルベルン公爵の孫なだけはある。

長男も次男もそうだったから、そちらの血を継いではいたのだろう。

いや、むしろ三男のフィルベルン公爵だけが異質だったのかもしれない。

「過ちに気付いて謝罪しようとするのは勇気のいることだったでしょう。セレネぐらいの年齢の子供がそれに気付けるのは凄《すご》いことよ」

「今まで酷い態度を取っていたのに怒らないの？」

「怒られたいの？」

「……そうなのかも」

ひとつのきっかけで人というのは変わるものだなと思った。

いや、私もそうだったのだから上から言うものでもない。

「だったら、明日から家庭教師の授業をきちんと受けて、知識を増やして世界を知るようになってくれればそれでいいわ」

「そんなことでいいの？」

「だってセレネは勉強が嫌いでしょう？　嫌いなことを真面目に取り組めというのは十分罰ではないかしら？」

「お姉様はセレネのことが嫌いではないの？　あれだけ酷いことをしたのに」

「前までのセレネだったらね。でも今のセレネは違うでしょう？」

まず、もう目が違う。

気付いて改善しようとしている人に追い打ちをかけるようなことはしないし、する権利も私にはない。

「本当にごめんなさい……」

セレネの目が潤んで今にも泣きそうになっているが、彼女は必死で泣くのを堪《こら》えようとしている。

その姿を見た瞬間、自分の意思とは関係なくどこか安心したように感じる心があった。

頭では別に安心なんてしていないのにだ。

まるで、本来のアリアドネがそう感じているかのように。

（憶測だけれど、そうだったら良いわね。羨ましがる部分はあったとしても妹と和解したかったのかもしれない）

良かったなと素直に思う。アリアドネの生前であればもっと良かっただろうがこればかりは仕方がない。

「侍女も連れずに来てくれてありがとう。心配されるだろうからもう部屋に戻りなさい」

「待って。セレネはこれからもお姉様に話しかけない方がいいの？　セレネはお姉様ともっとお話ししたい」

「気持ちはありがたいけれど、セレネと仲良くしていたらお父様達はどうするか分かるかしら？」

「…………面白くないと思う。お姉様の味方が増えるのは嫌だと」

「その通り。そしてその矛先がセレネに向くわ。だから狩猟大会のときも言ったけれど、今までと同じように接してくれればそれでいいの」

「分かった……。今はそうする」

納得していないようではあったが、了承してもらえて良かった。

今はという言葉が気になるけれど。

「では、おやすみなさい」

「おやすみなさいお姉様」

そう言ってセレネは自分の部屋に戻っていった。

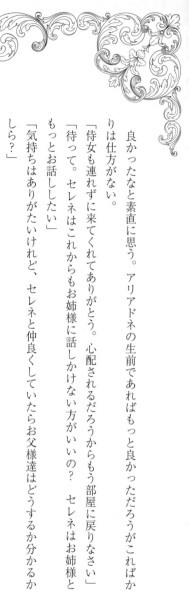

翌日、起床して食堂に行くと落ち着きのない様子のフィルベルン公爵と怒りで表情をゆがませている公爵夫人がテーブルに着いていた。

気まずそうなセレネと我関せずなエリックも同席している。

「お父様もお母様もどうしたの？　何かあったの？」

二人の様子に首を捻《ひね》っていたセレネが空気を読んでか読まずにか質問を投げかけた。

「い、いや何……。ちょっと失礼な手紙が届いただけで、それを気にしているだけだよ」

「失礼な手紙ですか？　一体誰から？　まさか皇帝陛下ではないでしょうね」

怒り顔の公爵夫人が問いかける。

単純な興味というよりは何かを詮索するかのような言い方に私は上手く事が運んでいることにほくそ笑む。

公爵が受け取ったのは封蝋《ふうろう》に彼が没落させた子爵家の紋章が押された手紙。

同じ印璽《いんじ》を手に入れるのは苦労したとエドガーがぼやいていた。

「皇帝陛下ではない。差出人の名前が書いてないいんだ」

「あら、そうですか。けれど、知らない人からなんて怖いから調べてもらったらいかが？」

「こんなのただの悪戯だ！　調べるなんてとんでもない！」

突然の大声にセレネは驚いて動きを止めたし、公爵夫人も目を丸くしている。

エリックだけは涼しい顔をして朝食を頬ばっていた。神経が太い人だ。

「私に向かって怒鳴るなんて……！　よほどやましい内容のようですわね。私に罪を着せようとしたのがどなたかにバレでもしたのかしら⁉」

「な、何を言っている！　何の罪を着せようと言うんだ！」

「しらばっくれて……！　知っておりますのよ。狩猟大会で私があの子を森に置き去りにするように命じたと陛下に手紙を書いていたではありませんか！」

「はあ⁉　証拠はあるのか！」

強気な態度でフィルベルン公爵は言っているが、目が泳いでいるし顔も真っ青だ。

まあ、事実だからそうなるだろう。

「持ってきなさい！」

こちらも強気な公爵夫人は侍女に証拠を持って来るように命じるが、残念ながらその証拠はもうない。

私が昨晩の内に回収したから。

単純な人間はちょっと突《つつ》くだけで話を盛り上げてくれるから助かる。

少しして、公爵夫人の部屋から戻ってきた侍女が青ざめた顔で食堂に入ってきた。

「奥様……手紙がございません」

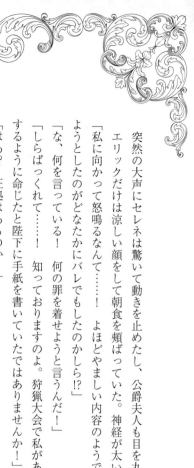

「何ですって!?　引き出しに入っていたでしょう？　どこを探しているの」

「そちらの引き出しを見てみたのですがございませんでした。他の場所も探したのですが同様で……」

「ふんっ。ほらみろ。証拠がないではないか。よく証拠もなく私を責め立てたものだ。たかだか伯爵家の出身のくせに四大名家に嫁いで自分まで偉くなったと勘違いでもしたのか。図々《ずうずう》しい」

「何ですって！　あなたこそ、二十年前の事件がなければ公爵になどなれなかった人間なのに何を偉そうに……！　爵位がなければ誰があなたなんかと結婚するものですか！」

エリックもいるというのに、二人はもう周りが見えていないらしい。

ここまで上手く行くなんて、下書きをゴミ箱から回収しておいて良かった。

私がやったとは露ほども思わないだろうが、一応怖がっている演技でもしておこう。

でも巻き込む形になって申し訳ないなとセレネを見ると、彼女は冷めた目で夫妻を一瞥すると何事もなかったかのように食事を続けた。

この子も強い。

「大体、あなたは私に大きな借りがあるではありませんか！　あなたのせいで私はしなくても良い苦労をさせられたのをお忘れなのですか!?」

「あれはお前が大袈裟《おおげさ》に反応したのが原因だろう！　嫌がらせくらいで体調を崩すなん

て」

「嫌がらせぐらい、ですって？　わざわざ私と仲の悪い女に手を出しておきながらよく言えたものですね！」

「お前とは違って彼女は従順で謙虚で私を立ててくれたからな！　お前といてもヒステリックに喚くわ散財するわ好き勝手して心が安まる暇なんてなかったんだ！」

「だからって不倫して良い理由になんてならないでしょう！　それも妊娠中になんてありえませんわ！」

あらあら……。必死に隠していたのに暴露するなんて。

セレネもエリックもギョッとして食事の手が止まっているではないか。

「失礼ですが、まさかそれが理由でアリアドネ嬢に辛《つら》く当たっていたのですか？」

心底呆れた様子でエリックが問うと、二人はようやく人がいることを思い出したのか一気に勢いがなくなった。

「いや……それは……」

「そうです。この人はその子を妊娠中に不倫しておりましたの。その不倫相手から私は嫌がらせを受けてそのせいで産後に体調を崩して生死の境をさまよったのです。相手が没落してくれたので溜飲《りゅういん》は下がりましたが、恨みは今もありますわ」

「おい！」

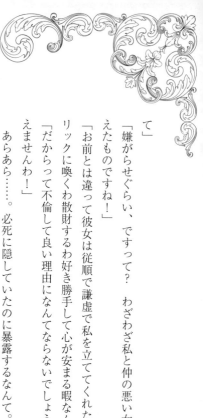

「別に私は一切困りませんもの。恥をかくのはあなただけですわ」

冷たい視線をフィルベルン公爵に向けてどこか勝ち誇った顔をしている公爵夫人。

アリアドネを差別していたのは彼女も同じなのだから同罪だというのに大した自信だ。

「客人の前で言うとは何事だ！　タリス男爵もタリス男爵だ。他人の家の事情に口を出すなど」

「皇帝陛下からの命ですから、聞く必要があったと判断したまでです」

「まさか報告するつもりか？」

「その必要があればそうします」

口調に多少の苛立ちが感じられる。

こんな人間がフィルベルン公爵を継いだなんてなどと思っていそうだ。

対して公爵は皇帝に報告されるかもしれないと知って狼狽えている。

それはそうだろう。公爵が手を回して相手の子爵家を没落させた原因を作ったと知られるのは困るだろうから。

エリックに不信感を与えるのには成功した。後はこれでこの場にいる使用人をフィルベルン公爵が解雇してくれれば次に進める。

見終えて満足した私はさっさとその場から立ち去った。

フィルベルン公爵夫妻の大喧嘩《げんか》からしばらく経って、私の日常は少しずつ変化していた。

顔を合わせれば口汚い罵《のの》り合いが始まり、二人はもうお互いしか見えていない。

つまり私のことなどもう眼中にないのだ。

食事も時間をずらして取るため、ここ最近は私とセレネ二人だけで食事を取っている状態。

使用人達も夫妻の顔色を窺っているので私にまで目を向けることはなく、そこそこ快適な毎日を送っている。

また私の想定していた通りに彼はあの場にいた使用人を解雇してくれて、エドガーの用意した人達を数名屋敷に使用人として雇ってくれた。

おまけにエリックがその使用人達の噂話《うわさばなし》を聞いて公爵の執務室に侵入してくれた。

あそこには不明瞭な支出のある帳簿があったから、調べてくれたら一気に事は進展する。

エドガーを味方に付けられたことでこうも上手く行くとは……。まだ私は神様に見放されてはいないようだ。

「いきなり笑い出してどうしたの？」

「え？　ああ、ちょっとね」

しまった。隣にセレネがいたことをすっかり忘れていた。

日常が少しずつ変化したと言ったが、セレネの態度も変わったのだった。

両親の目を気にしてかあまり話しかけることはなかったが、それでも私に懐いてきてくれるようになっていた。

家庭教師の授業はちゃんと聞くようになったし、分からないところも積極的に聞くようになり知識も増えた。

新しいことを知るのってこんなに楽しいことなのね！　と目を輝かせるセレネはやはりフィルベルン公爵家の娘なだけある。

現在の公爵がアレなだけで、先代の公爵も長男次男も優秀で人格者だったから元はそういう血筋なのだろう。

前向きになって努力する姿を見ていると過去の自分を見ているような懐かしさも感じ、私の気持ちも変化していたのである。

それに、お姉様お姉様とついてくるセレネは普通に可愛い。

元から可愛かったから棘《とげ》が抜ければ尚更可愛いものである。

普通の姉妹になれたようで、なんだかこそばゆいような嬉しいようなよく分からない感情になってもいたけれど。

「もうっ。セレネが隣にいるのに他のことを考えるなんて」

プゥと頬を膨らませて拗《す》ねた様子のセレネを見たら、私の意思とは関係なく心の奥が温かくなるのを感じ嬉しさで気分が高揚してくる。

以前も感じたがこれは私の中にいるアリアドネの感情なのだろう。本当はセレネと普通の姉妹になりたかったのかもしれない。

また、以前であればこういう態度のセレネにゲンナリとしていたが、言葉に棘がなくなった分、素直さが前面に押し出されて愛らしいと私は思う。

私とアリアドネのセレネに対する感情が同じことに良かったと心の底から感じる。

「ごめんなさいね。陛下から招待されるのは初めてだから緊張してしまってね」

「お茶会を主催するのは皇后陛下だから、皇帝陛下は来ない……じゃなかった。いらっしゃらないと思うわ。皇后陛下はお優しい方でとても博識なの。お姉様とお話が弾むんじゃないかしら」

「そうなの？　だとしたら楽しみね。それと言葉も頑張っているのね」

「まだ慣れないわ。気を抜くとすぐ言葉が戻っちゃうから。ほら今も。でも前の私はとっても恥ずかしい子供だったから早く直したいの」

「まだ時間はあるのだから、焦らなくても大丈夫よ」

直そうという意識があるのなら、いずれ立派な公爵令嬢としての振る舞いを会得できる。

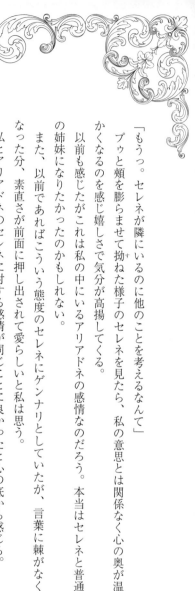

知識を得てそれを覚えて活用できるのは誰にでもできることではない。

……ということで、現在私達は馬車に乗って王城に向かっている。

何がどうなったのか分からないが、夫婦喧嘩の後から私に招待状が届くようになったのだ。

それもフィルベルン公爵家が懇意にしている家ではなく、交流のない家から。

もしかしたらアリアドネが差別されていた理由が噂で広まって、彼女自身になんの問題もないと分かり交流を深めた方がいいのではないかと思われたのかもしれない。

こちらとしても、他の貴族を味方にできるのであれば助かるので大歓迎である。

のだが、まずは皇后からの招待に応じるのが先ということで向かっているわけだ。

「貴女が勉強の楽しさに目覚めてくれて何よりだわ。それよりも、今回の招待によくセレネを連れていくことをお父様が許したものだわ」

「あ、それはセレネがお姉様が粗相をしたら良くないから付いていくって言ったからよ。お姉様が言ってたじゃない？　いつも通りにしなさいって。それに、お姉様と二人でお話がしたかったのもあるわ。屋敷じゃ侍女がいてあんまりお話しできないし」

「扱い方を心得ているのね……すごいわ」

「でしょう？」

本当にすごい。この短期間でよく人を見ていると思う。

いや、自分がいかに他人から可哀想に見えるか分かっている節があったセレネだ。元から人を観察する力を持っていたのだろう。

正しい方向に力を使うことができて良かったと思う。

「お父様達はセレ……私にバカでいて欲しいと思ってるって分かっちゃったから、その振りをするのが本当に大変。二人がお姉様に文句を言うのを黙って見ているしかできなかったのが苦しかったし……。最近は大人しいけれどね。だから、一緒にお出かけできて本当に嬉しいの」

「私もよ。短い時間だけれど沢山お話しましょうね」

「うん！　……じゃなかった、はい！」

二人で笑い合っていると馬車は王城に到着し、私達は皇室騎士団の騎士に連れられて庭園にセッティングされているテーブルに案内された。

テーブルには主催の皇后陛下、そして招待されていたクロードとテオドールの姿もあった。

皇帝とクロードは親友だから招待されていてもおかしくはないが、聞かされていなかったから驚いた。

そんなことを考えていることがバレないように私は微笑みながら淑女の礼をする。

慌ててセレネも私の真似《まね》をして頭を下げた。

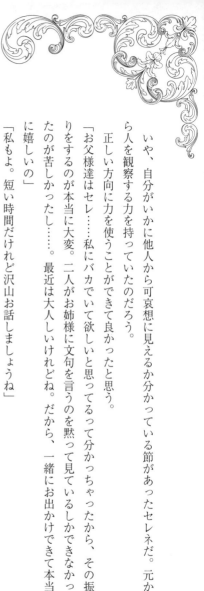

「本日はお招きいただきありがとうございます。フィルベルン公爵家の長女アリアドネと申します」

「次女のセレネです。よろしくお願い致します」

「あらあら……。少し見ない間に随分と大人になられて……。子供の成長は早いものだわ。私が皇后のイレーネよ」

皇后のイレーネ陛下は記憶が確かならばクライン伯爵家の遠縁の令嬢だったはず。

ところで皇后陛下が言った大人になられたという言葉だが、これはセレネの態度のことだろうか?

それとも私も含まれているのだろうか。……まあ、両方ということにしておこう。

「リーンフェルト侯爵とご子息がいらっしゃるとは知らず、遅れてしまい申し訳ありません」

「良いのですよ。前日に無理にお願いして招待したのだもの。それに狩猟大会でアリアドネ嬢を保護したのはリーンフェルト侯爵でしたし、これも縁だと思ってね」

「そうだったのですね。改めて、保護してくださりありがとうございました」

「お礼は狩猟大会のときにいただいていますから気にしないで下さい。それにテオドールも貴女のことを心配していたので、今日お会いできて良かったと思います。ですので皇后陛下も気になさらないで下さい」

「その言葉を聞けて良かったわ」

うふふと笑っている皇后陛下であるが、言い方などからクロードと気心の知れた仲なのが伝わってくる。

しかし、皇后陛下はエリックの母方の実家であるクライン伯爵家の遠縁、それにクロードがこの場にいるのは偶然なのだろうか。

何か作為的なものを感じる。

自分の知らないところで事が運んでいるような気がしてモヤモヤしているとセレネに袖を引っ張られた。

「どうしたの？」

「皇后陛下が座るよう勧めてくれているわ。そろそろ座らない？」

「あ、そうね。では失礼します」

考え事をして周りが見えなくなるのは私の悪い癖だ。

セレネが教えてくれて助かった。

それにしても、セレネはテオドールがいるというのに大人しい。

前ならグイグイ行っていたというのに。

当のテオドールも彼女がいつもの様子と違うからかどこか戸惑っているように見える。

「テオドール様」

「え⁉」

「狩猟大会でお姉様の刺繍入りのハンカチを見ていたでしょう？　今日、持ってきているので、受け取ってもらえますか？」

「セレネ⁉」

この子、いつの間に私の部屋からハンカチを持ち出したのか。

確かに狩猟大会のとき、クロードが持っているハンカチの刺繍と似ているから同じようなものを持ちたいと言っていたけれど。

「お姉様に無断で持ち出してごめんなさい。でもとても綺麗な刺繍だと思ったから、欲しい人に渡すのが一番だと思ったの」

気持ちはありがたいが、セレネはそれでいいのだろうか。

あんなにテオドールが好きだと態度で見せていたのに。

「いいの？」

テオドール達に聞こえないように小声でセレネに問いかけた。

「セレネには釣り合わない相手だもの。だからお姉様を応援するって決めたの」

「お、応援？」

「う……じゃない、はい。お姉様もテオドール様のことが好きなのでしょう？　お似合いの二人だから」

ちょっと待って欲しい。

なぜそうなったのか理由を説明してほしい。

頭にハテナが浮かんでいる私と違ってセレネはハンカチをテオドールに差し出している。

「いいのですか？」

「はい。とても素敵な刺繍ですから、大事にしてくださいね」

「あ、ありがとうございます」

戸惑いながらもテオドールはハンカチを受け取り、広げて刺繍をマジマジと見ている。

横で見ていたクロードが刺繍を見て眉根をピクリと動かしたのが私から見えた。

さすがに私の刺繍がどのようなものだったか記憶してはいないだろう。

似ている程度に思ったのかもしれない。

だというのに、クロードは断りをいれるとテオドールからハンカチを受け取って刺繍を凝視し出した。

「この刺繍を本当にアリアドネ嬢が？」

「え、ええ。短時間なのであまり凝ってはいませんが」

「いえ、そうではなく……。私の持っているハンカチの刺繍と似ていたもので驚いてしまって」

「リーンフェルト侯爵がお持ちの？」

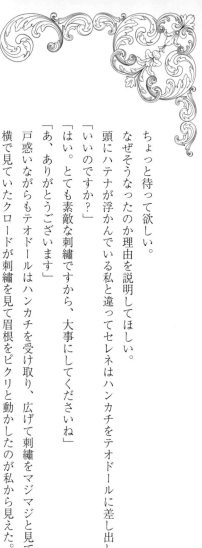

「ええ。昔、気まぐれに姉が刺繍したハンカチをくれたことがありまして」

……………あっただろうか？　全く記憶にない。

「本当に気まぐれだったんだと思います。後にも先にもそのときだけでしたから。姉から物を貰ったのは初めてだったので、嬉しくて今も大事に保管しているんです」

今も保管しているとなると、私はクロードからそこまで嫌われてはいないのだろうか。

どう思っているのか気になった私は、本心を知りたいという好奇心に負けて口を開く。

「お、姉様のことを大事に思っていらっしゃるのですね……」

「ええ。勉強熱心で気高く強く筋の通った美しい人でした。今でも私の憧れです」

大声を出しそうになるのを咄嗟に手で抑えた自分を褒めたい。

憧れ？　憧れと言った？　どこを!?

恨まれることはあっても好かれるようなことは何ひとつとしてしていない。

私の見ていた世界とクロードの見ていた世界が違いすぎる。

「折角のお茶会ですから、姉の話はここまでにしておきましょう。今日の主役は私ではありませんので」

「本当はセシリアも出席する予定だったのだけれど、熱が出てしまったの。けれど、個人的にフィルベルン公爵家令嬢に会いたかったので、こうしてここに案内してもらったのよ」

「まあ……セシリア殿下のお加減はいかがでしょうか」

「小さな子供によくある突発的な発熱だから大丈夫。けれど今日お会いできて良かったわ。お二人とも皇弟……先代のフィルベルン公爵に似て聡明《そうめい》そうなお顔をしているもの。セシリアとも仲良くしてくれると嬉しいわ」

「お褒めの言葉ありがとうございます。セシリア殿下に次回お目にかかれることを楽しみにしております」

優雅に微笑む皇后。その顔は慈愛に満ちていた。

器の大きな女性だ。

「さて、では大人はそろそろ席を外そうかしら。せっかく王城に来たのだもの。見学していってちょうだい。案内は……」

「私が」

「助かるわ。よろしく頼むわね」

やはり仕事で忙しいのか、皇后はまた、と言って立ち去っていく。

残された私達はクロードの案内で王城を見学することになった。

クロードの案内で、私達は王城の主要施設を見て回っていた。

記憶にある場所もあったが、新たに作られた部屋もありどこか新鮮な気持ちになる。

そうして、歴代の皇族の肖像画が飾られている部屋に入ったときのことだった。

「……セレネ。こちらが先代のフィルベルン公爵、私達のお祖父《じい》様と嫡男でいらした伯父《おじ》様よ」

一枚の肖像画の前で私は立ち止まり、そうセレネに説明をする。

彼女は物珍しそうに祖父と伯父の顔をマジマジと見つめていた。

「髪色はお父様とは違うのね」

「お祖母《ばあ》様が同じ髪色だったの……かも、しれないわね」

「ふぅん。でも厳しそうな方ね。伯父様もお祖父様と同じ目をしているし怖かったのかしら？」

「厳しい方でしたが、よく笑う方でもありました。皇帝陛下と当時から親しかったので、ついでに私のことも可愛がってもらってましたよ」

「セレネのことも可愛がってくれたかしら？」

「ええ。きっと」

クロードの言葉にセレネは嬉しそうに微笑んでいた。

その機会を私が奪ったんだと思うと罪悪感に苛《さいな》まれる。

「セレネ嬢は先代のフィルベルン公爵の顔をご存じなかったのですか？　お屋敷に肖像画があると思うのですが」

祖父のことを知らないセレネを不思議に思ったのか、クロードが首を傾げながら問いかけた。

「今まで見たことはありませんでした。屋敷にはなかったと思います」

「……そうでしたか」

先代や長男の顔を知っているから特に気にしたことはなかったけれど、確かにあの屋敷で肖像画を見たことがない。

大方、フィルベルン公爵が処分したのか別のところに保管しているのだろう。

「セレネ嬢、どうされたのですか？」

クロードの声につられて私がセレネを見ると、彼女は何か考え込んだ様子でマジマジと肖像画を見つめていた。

「いえ……このお顔をどこかで見たような気がして……。誰かに似ているような……？」

「皇族筋の特徴のあるお顔ですから、皇帝陛下ではないでしょうか」

「そう、かしら？」

うーん、と言いながらもどこか納得していない様子だ。

クロードはさりげなく誤魔化していたが、セレネが似ていると言っているのは恐らくエリックのことだ。

観察眼というか鋭さというか、まだ本人には辿り着いていないが時間の問題だろう。

「では、中庭の方に参りましょうか」

「え？　ええ」

ここにいたらタリス男爵がエリックだとバレると考えたのか、クロードは遠ざけるために私達を中庭へと移動させた。

中庭の噴水に来た辺りで、貴族らしき人がクロードを呼び止めて私達から離れていく。

何かを話しているのを見ていると、彼はこちらにやってきて呼び出されたことを私達に報告してきた。

「申し訳ないですが、少し席を外します。騎士がいますが、あまり遠くには行かないようにお願いしますね」

「ええ。こちらでお待ちしておりますね」

そう言うと、クロードは足早にその場を後にした。急ぎの用件のようだ。

中庭はそこまで広くないし三人で話していればすぐだろうと思い、私は噴水の縁に腰掛ける。

「あ、あちらのお花がとっても綺麗。ちょっと見てまいりますね！」

「え？　セレネ!?」

セレネはわざとらしい棒読みでそう言うと、騎士の一人を引き連れて少し離れた薔薇《ばら》の区画に行ってしまった。

私とテオドールを二人きりにしたかったのかもしれないが、なんと強引な……。

困ったように彼を見ると、苦笑する相手と目が合った。

「セレネ嬢の雰囲気が以前と変わりましたね」

「ええ。大人になったのだと思います。これからの成長が楽しみですわ」

「そうですね。でも、アリアドネ嬢も変わりましたよね？　狩猟大会のときに久しぶりにお会いして驚きました」

ということは、以前からアリアドネと面識があったのか。

四大名家同士だから、どこかで会っていてもおかしくはないが。

それよりも、狩猟大会の話が出たのなら言っておかなければならないことがあった。

「狩猟大会のときに私を庇って下さってありがとうございます。お礼を申し上げるのが遅くなり申し訳ありません」

「いえ……聞くに堪《た》えないものでしたから。いつもあのような対応に耐えていたのかと思うと、アリアドネ嬢は僕が思っていた以上にお強いのですね。僕と似ていると思っていたことが恥ずかしいです」

「私とテオドール様がですか？」

「はい。自分に自信がなくて人と喋るのも苦手で周りの目を気にして下を向いている僕と似てる部分があるって勝手に思っていたんです。でもそれは僕の思い込みでした。あのときのアリアドネ嬢は凜《りん》としていて自信に満ちあふれていました。それを見て気付いたんです。僕と違って成長できる人なんだって」

テオドールは自分に自信がないようだが、人と話すのが苦手と言う割にはしっかりと私と会話ができていると思うのだが。

両親を亡くしたことも関係しているのだろうが、それにしても自分の評価が低すぎる。

何か理由があるのか？

「だから僕もアリアドネ嬢のようになりたいと、思って……いるんで、す」

最後は消え入りそうな声だった。

テオドールは今の自分が好きではないのだろう。

「どういった面で私のようになりたいと思っていらっしゃるのですか？」

「今のアリアドネ嬢は迷いがないように見えます。自信に満ちあふれています。博識で大人とも対等に話せる姿を見て、僕もそうなりたいって」

「知識などこれからいくらでも増やせますし、私のようになりたいという決断もされたではありませんか。目標ができたのですから焦らず積み重ねていけば」

私の言葉にテオドールは力なく首を振った。

「僕は全然勉強ができないんです。家庭教師からは僕と同年代の子供はこれくらいはもう出来てるってよく言われますし」

「誤差です誤差」

「リーンフェルト侯爵はその頃には学院で学ぶ難しい授業も受けてたって」

「受けてないわよ……！」

「え？」

「こ、個人の感想ですわ」

オホホ……と淑《しと》やかに微笑みを浮かべるが、つい心の声が漏れてしまった。

クロードが十一歳の頃は貴族教育を詰め込まれている真っ最中だ。

十歳の頃に家に来たから、あの頃はほとんど何も知らない状態で私はよく知識をひけらかしては自慢していたものである。

嫌な記憶まで蘇ってしまった。本当に情けない。

けれど、これでテオドールが自信がないのがなぜなのかが分かった。

家庭教師が余計なことを言って精神的な重圧をかけるせいだろう。

それで燃えてくれる性格なら問題はないが、彼はそうではない。

「でも、今のリーンフェルト侯爵は素晴らしい方です。期待に応えたいですし、褒めて欲しいとも思います。たとえ好かれていなくても……」

「好かれていないということはありませんわ。リーンフェルト侯爵から大事にされておいでてでしょう？」

「唯一の跡継ぎですからね……。リーンフェルト侯爵のようになりたいと思っても全然近づけもしませんし、失敗ばかりで。おまけにこのような性格ですし、いつか失望されてしまうのではないかと怖いのです」

クロードは決してそのような人間ではない。

それは長年見てきた私だからこそ分かる。あの子は困っている人を放っておけないお人好しな人間だ。

なぜか勘違いされているのを見ていると、少しお節介を焼きたくなってくる。

「自分の良さは自分では分からないですものね」

「え？」

「テオドール様は私を庇って下さったことから善悪の判断もついて発言できる強い方だと思います。勉強だけができる方よりもよほど人間としての魅力がおありです。それにテオドール様はご自分の欠点をご存じです。欠点を知る方は誰よりも強い、と私は思っております」

「それは……さすがに良く言い過ぎではないですか？　そんなに褒められるような人間じゃないです」

「私から見たら、ということです。テオドール様は勉強のことで悩まれているご様子でしたので、誰にも負けていない点があるのだと知って欲しかったのです」

全部駄目だ。自分に価値はないという思考に捕らわれるとずっとそこに留まり成長することが難しくなる。

……非常に耳が痛いが。

「人と比べてしまうのはどうしようもないことですが、テオドール様には他の方にはない、人の痛みに気付けて寄り添える優しさがございます。……ここだけのお話ですけれど、リーンフェルト侯爵はお人好しで困っている人を放っておけない方なのです。そういう面はテオドール様と似ておいでですわ」

「僕とリーンフェルト侯爵が似てる？」

「ええ。近寄りがたいと思っていらっしゃるかもしれませんが、一度きちんとお話ししてみれば印象も変わるかもしれません。あと話は変わりますが、成長のために自分なりのやり方を見つけるのに色々と試してみるのもよろしいかと」

「ありがとうございます。自分なりのやり方……きっと、アリアドネ嬢はそうやって強くなったのですね……」

強くなったというか、中身がアリアドネ・ベルネットだからです。

「僕も強くなれるでしょうか？」

下を向いていたテオドールは顔を上げて呟いた。

彼ならきっと強くなれると思う。

「変わろう、変わりたいという気持ちがあれば人は変われます。セレネだってそうですし」

私もそうだったように……。

私の言葉を受けてテオドールは上に向けていた視線をこちらに向けた。

どことなくスッキリとした表情を浮かべた彼は明るく笑っている。

「やはりアリアドネ嬢は僕よりも……いえ、アリアドネ嬢は賢く前だけを見る方ですね。見習うべき箇所が沢山ありますし、近くで見ていたいと思わされます」

自分を卑下する言動をまずやめようとする意識を持ったのなら大丈夫。

だというのに、テオドールは顔を真っ赤にして急に慌てだした。

「あ、いえ！　近くで見ていたいというのは決して深い意味はなくて！　良い影響を与えてくれるからということで！　話していると前向きな気持ちになれるから！」

ああ、確かに女性として見ているという風に取れなくもない。

言われてそういう発言だったなと思うくらいにまったく気付いていなかった。

なんだか、家に来た頃のクロードを思い出す。

よく『嫌みじゃなくて！　姉上は凄いと言いたいんです！』と慌てていた。

そういう意味でもテオドールとクロードは似ている。

昔のクロードを見ているようで懐かしい気持ちになった。

どこか大人びているけれど、年相応の言動を見ると微笑ましくも思う。

「テオドール様のお役に立てるのであれば嬉しいです。また何かあればお話を伺いますし遠慮なく仰ってくださいね」

「ありがとうございます。それで、あの……」

落ち着かない様子でテオドールは手をモジモジとさせている。

クロードとの仲を取り持って欲しいとかそういうことだろうか。

何を言うのか待っていると、彼がおずおずと口を開いた。

「ぼ、僕とお友達になってくれません、か？」

「ええ。私でよろしければぜひ」

「ほ、本当ですか!?　ありがとうございます！　じゃあ、愛称で呼んでもいいですか？」

「え、ええ。もちろん」

おや、意外と押しが強い面も持っているのだな。

心を開いてくれたことも関係しているのだろうけれど。

「ちなみに普段は何と呼ばれているのですか？」

おい、お前、あいつが多いですね、と心の中で呟いた。

すぐにそういうことじゃないと突っ込みを入れて、真剣に考える。

「そうですね……。ではアリアと呼んでいただけると嬉しいです」

「分かりました。僕のことはテオと呼んで下さい」

そうしてテオ様、アリアと二人で呼び合い、笑い合った。

ふと視線を感じてそちらを向くと、なぜか顔を真っ赤にして両手で頬を押さえて嬉しそうにピョンピョン飛び跳ねているセレネが目に入った。

絶対に彼女が思っているような仲にはなっていないのだが……。


その後、用事が終わったクロードが戻って来て帰宅することになった。

何やら彼が意味ありげな視線を私に向けているのが気になったが、私よりもテオドールのことをまず見た方がいいのではないか？

〔第5章〕過去との決着

「リーンフェルト侯爵」

「来たか」

王城の執務室で報告を聞くため待っていると、時間通りにエリックがフィルベルン公爵邸からやってきた。

心なしか表情は険しく怒っているようにも見える。

一体何があったことやら。

「それで一ヶ月滞在してみてどうだった？」

「アリアドネ嬢に対する態度は表面上は上手く取り繕っていますね。失礼な態度は取っていませんが彼女のために先回りして世話をする使用人は皆無でした。公爵夫妻も彼女に話しかけることはありませんし。ですが、妹のセレネ嬢だけは人目を避けた場所で時折話している姿を見かけますね」

「良くはないが悪化もしてないということか」

「ええ。それとなぜアリアドネ嬢が差別されているのか判明しました。呆れる理由でしたね」

そう言ってエリックは彼が見たことを話し始める。

少し前の朝食時に公爵夫妻が揉めて言い合いになり、興奮したのか過去の不倫の話になって、その際に不倫相手から夫人への嫌がらせがあり産後に体調を崩して生死の境をさまよったとの話が出た。

過去を思い出したくないから、その時の鬱憤《うっぷん》をアリアドネ嬢で晴らしているのだろうと。

「不倫相手の子爵家が没落して、と夫人が言っていたのが少し気になりまして調べたところ、当時子爵家は事業の取引先から切られたのと領地で起きた災害のせいで没落し、その後子爵夫妻は病死したみたいでした」

「……フィルベルン公爵がそれに関与している可能性は？」

「と、俺も思ったのでそこも調べました。事業の取引先はフィルベルン公爵の息がかかっているところでした。証拠はありませんが、恐らく関与していると思われますね」

取引を切られただけなら領地収入もあるし没落まではしなかっただろうが、災害もとなると不運が重なったこともあって耐えきれなかったのだろう。

しかし、取引を切るのは違法ではないとはいえそこまでするとは……。

「それと、その言い合いの後でダイニングに居た使用人達がすぐに解雇されました。よほど不倫したことを後ろめたいと思っているのか、はたまた詮索されたくないからなのか分かりませんが。で、すぐにまた使用人を雇っていましたよ」

「後先を考えない人間なんだな」

「俺もそう思いました。で、ですよ。一番報告したかったのはここから先です。フィルベルン公爵は事業で不正を働いているという噂を使用人から聞きました。まあ盗み聞きですけれどね」

「あまり後ろ暗いことはするな……」

「聞こえてきたのだから仕方ありません」

悪びれる様子もないか。

あんな男に爵位を奪われたのかと怒る気持ちも分かるから強く責められないな。

「で、不正の証拠でも見つかったとか?」

「ええ。見つけました。事業は完全に人任せにしているようで書類はそこまでありませんでした。ですが、帳簿を見つけまして不明瞭な支出があったのでこれも調べてみたら、どうも裏カジノに資金を援助していたようですね。更に驚くべきは裏カジノを経営している男爵がラディソスの密輸に関係しているようです」

「そこから流通経路が分かるとは思わなかったが、これで前進したな」

「まさか夫妻の喧嘩からここまで判明するとは思っていなかったので自分でも驚きです。出来すぎていて怖いくらいですよ」

「確かに出来すぎているな……」

捜査が難航していたラディソスの流通経路があっさりと判明したこともそうだ。

いくら調べても尻尾を摑《つか》めなかったのに、ここで出てくるのはどうにも違和感がある。

まるで張り巡らされた糸に俺ら、もしくはフィルベルン公爵がかかったみたいな感じだ。

この感じは覚えがある。こんなにも綺麗に罠を張れる人は一人しかいない。

アリアドネ・ベルネット。

余計なものは何ひとつなく、全てが一本の線で繋がるように綺麗で上品な糸を紡ぐ天才。

思えば、ある時期から姉上の存在が感じられるようになった。

隠し財産の一部がなくなったこともそうだ。

誰かがこの件の裏で糸を引いている。

そしてそれは姉上でなければできないこと。

いや、現実的に考えてそれはありえない。死んだ人間は生き返らない。

「出来すぎていても解決の糸口を見つけられたんだから良かったじゃないですか。狩猟大会でアリアドネ嬢を見つけられたお蔭ですね」

そうだ……。全てはそこから始まっている。

「そもそもなぜ彼女はあの場所にいたんだ？」

「乗馬の練習をするところから森に入ったからでしょう？」

「違う。真っ直ぐ進んでいれば俺と出会った場所にはいないはずだ」

「乗馬をするのが初めてだったんですから、馬の制御なんて出来ないでしょう？」

「そもそもそれがおかしい」

乗馬が初めてでもセンスがあればすぐに乗れるようになることもあるとは分かっている。

けれど、あのときは馬が暴走したというトラブルがあった。

彼女は子供だ。通常であれば落馬していてもおかしくはない。

なのに彼女は馬を制御して取り乱すこともなく落ち着いていた。

狼に出会ったというのに不安な様子も見せていない。

それにあの餌……。姉上であったなら簡単に作れる。

もしも彼女が姉上であったなら全て納得がいってしまうのだ。

俺は確認するためにエリックに視線を合わせて口を動かす。

「噂を話していた使用人は以前からいた使用人なのか？」

「いいえ。新しく雇った使用人だったと思いますよ」

「では、アリアドネ嬢はここ一ヶ月の間に外出することはあったか？」

「ええ。孤児院の院長に会いに行くのに出かけることはありましたね」

「そのとき、誰かと話をしていたか？」

「シスターや子供達と話をしていたようですけれど。……ああ、そういえばあまり感じの良くない元ごろつきみたいな若い男と言葉を交わしていましたね。ちょうど俺が他の人と話しているときだったので会話までは分かりませんけど」

「その男の名前は？」

「なんでしたっけ？　エド……なんとかって呼んでたような」

「茶色の髪に灰色の目をした細身で長身の男か？」

最後の確認をするとエリックは「何で知っているんですか？」と首を傾げた。

これで確定した。その男はエドガー。姉上が利用していた情報ギルドの今の長。

そういえば初めて会ったときに俺のことをアリアドネ嬢は『クロード』と呼んでいた。

間違いない。どういう訳か分からないが、姉上は今アリアドネ嬢として存在している。

自覚した途端に胸のドキドキが抑えられない。

姉上がいる。今、ここに。生きて。

興奮して息が上手く吸えない。また姉上と会えるなんて。

「リーンフェルト侯爵、どうしたんですか？」

「神からのご褒美に喜び打ち震えていたところだ」

「こわ」

「何としてでも事件を解決してアリアドネ嬢をあの悪鬼から救いだそう」

「この短時間でどうしてそういう考えになったんですか？　怖すぎるんですけど」

こんなお膳立てされているのに、失敗したら姉上から呆れられてしまう。

成長した俺を見て欲しい。褒めて欲しい。あわよくば頭も撫でて欲しい。

「いや、まあいいですけどね。俺もエリック・ルプス・フィルベルンとして生きる覚悟決めたので」

「そっちの覚悟も決まったのなら良かった。まずはラディソスの件を捜査して、裏カジノの男爵からフィルベルン公爵を引っ張ろう」

「了解です」

見ていて下さい姉上。俺は貴女に誇れる弟としての姿を見せて差し上げます。

❦

「お姉様、ちょっといい？」

書庫の扉を少し開けた状態で外からセレネがひょっこりと顔を見せる。

屋敷で私に声をかけてくるのは珍しい。何かあったのかもしれない。

「ええ。構わないわ。どうかしたのかしら？」

「お父様とお母様がまた怒鳴り合いを始めたの。うるさいから逃げてきちゃった」

「毎回よく飽きもせずに怒れるものだと感心するわね。疲れないのかしら？」

「相手への怒りが栄養になっているからじゃない？」

「それで場所も考えずに始めるのはどうかと思うけれどね」

怒りに任せて過去のアレコレを暴露しているせいで、意図せず同席してしまった使用人を勢いで解雇しているのだから。

こちらの息のかかった人を送り込めるから助かる部分はあるけれど、さすがにこう頻繁ではいずれ雇える人が居なくなってしまう。

大体、バレたから解雇するよりも手元に置いて監視していた方が外には話が出ないだろうに、それすら考えることもできないのだろうか。

「そのせいで、どんどんお父様達の本当の姿が見られるようになって情りなく感じてしまうわ。もう尊敬する気持ちが持てなくなってきちゃった……」

「そうね……」

セレネのために何かフォローをしたいところだが、全く思い浮かばない。

そもそもフォローできる箇所がない。

「一体いつまで続くのかしら？　四大名家の中身がコレだなんて……。少し前まで私もお父様達と同じだったことでも恥ずかしいと思っているのに、今はタリス男爵もいらっしゃるのよ？　外部の方にまで見せて何を考えているのかしら」

セレネはため息を吐いて項垂れている。

両親に対する失望と自分に対する嫌悪があるのだろう。

気付いて改善できただけでもセレネはフィルベルン公爵夫妻とは違うのだが、過去は変えられない。

それは私自身が一番よく分かっている。

どう慰めれば……と考えていると、静かな空間にノックをする音が響いた。

どうぞ、と声を出すと、外からエリックが入ってくる。

「あ、こちらにいらしたのですね」

「ええ。他国の歴史を勉強しようと思いまして。タリス男爵は王城に行ってらしたのですか?」

「そうですね。少し報告がてら同僚の仕事を手伝ってきました」

「お忙しいでしょうに、こちらの事情に巻き込んでしまって申し訳なく思います……」

「いいえ。フィルベルン公爵の態度には目に余る部分がありましたから。陛下はアリアドネ嬢のことを心配されておりましたし、良い機会だと思われたのでしょう。ですから、お気になさらないで下さい。……ところで」

そう言ってエリックは困ったような表情を浮かべながらセレネの方に視線を向けた。

私もそちらを見ると、エリックを凝視している彼女の姿が目に入る。

首を傾げていたかと思うと急にハッと何かに気付いた様子だ。

「あの……私の顔に何か?」

「やっぱり!　目がお祖父様にそっくりだわ!　それに伯父様にも!」

セレネの言葉にエリックの表情に動揺が見られた。

彼女は勘が鋭い。

「セ、セレネ嬢……。あまり大きな声を出されては……」

「あ、ごめんなさい！　でもとっても似ていらっしゃるわ。ねぇ、お姉様。亡くなった伯父様にお子様はいらっしゃったのかしら？」

「生まれたばかりの男の子がいらしたわ」

「じゃあ……もしかしてタリス男爵が？　でも、うちの遠縁の方という線もありますよね？」

「タリス男爵家にうちの令嬢や皇族の方が降嫁された記録はないし、嫁がれた奥様のご実家もそうだったはずよ」

「なのに、似ているということはそういうことになるわよね」

あっさりと正体を見破られたエリックの目は死んでいる。

「この姉妹の観察力と知識が怖い……」

「そりゃあフィルベルン公爵家の娘ですからね」

「当代の公爵がアレだから甘く見ていたよ。しかも子供だし……」

「フィルベルン公爵家の娘ですからね」

「意味のない台詞なのになぜか妙な説得力」

ここまできたら隠すつもりはないのかエリックは早々に観念したようだ。

深呼吸した彼は一転して真面目な表情を浮かべる。

「このことは」

「秘密に致します」

「秘密なんでしょう？　分かっているわ」

「理解力と話が早い……」

「それで、タリス男爵の本当のお名前は何と仰るの？　ここにいらしたのはフィルベルン公爵になるために？　どうして男爵を名乗っていらっしゃるの？」

「好奇心が旺盛《おうせい》すぎる……」

急に現れた従兄《いとこ》という存在にセレネは目を輝かせている。

知らないことがあったらなんであっても知りたいというのが彼女の性格なのかもしれない。

「俺がフィルベルン公爵になるということは、君達は四大名家の令嬢ではいられなくなるってことだけど理解してる？」

「分かっているわ。でも、令嬢でなくなっても一番近い皇族の血が流れているのだから立場が大きく変わることはないはずよ。そうでしょう？」

「恐らく新たな爵位を授かるのではないかしら？　皇位継承権がある以上は待遇が悪くなるはずがないですもの」

「……あの二人から、よく君達みたいな令嬢が生まれて育ったものだと驚くよ」

片方は別人なわけですけれどね。

それでも、セレネの成長には驚かされるばかりだ。

「お姉様なんて特によ。ろくに教育も受けさせてもらえなかったのに、誰よりも優しくて賢くて綺麗で品があって所作も綺麗で刺繍もお上手で完璧なのだから……！」

「セレネ嬢はアリアドネ嬢が大好きなんだね」

「当たり前だわ。私がお父様達の言うことを信じて我が儘ばかり言っていたときも、いつもお姉様は私に注意してくれていたもの。お父様達から怒られるって分かっていたのに、私のために言ってくれていたの。誰よりも優しくて令嬢としてのあり方を知っている人なのよ。人として大事なものを持っているお姉様を私は尊敬しているの」

自信を持って答えるセレネの言葉に私はアリアドネに対して良かったねと声をかけた。

上辺《うわべ》は私がしたことだけれど、中身……根底の部分は紛れもなくアリアドネの功績だ。

「ありがとうセレネ。そういう風に思っていてくれて嬉しいわ」

「私こそ見捨てないでくれて感謝しているのよ。お姉様のお蔭で私は自分が愚かだったことに気付けたのだもの」

セレネは満面の笑みを浮かべている。私も笑顔でそれに応えた。

タリス男爵はそんな私達を眩《まぶ》しそうに眺めている。

「二人はとても良い関係なんだね。その関係を壊しかねないと思うと気が引けるかな」

「それはそれ、これはこれよ。実際お父様は公爵として相応しいかと言われれば違うもの。長男の子供であるタリス男爵がいらっしゃるなら正統な公爵はタリス男爵だし、私もそうした方がいいと思うわ」

「……まだまだ幼いと思っていたけれど、よく周りのことを理解しているんだね」

「私は意外と大人なのよ」

エッヘンと胸を張っている姿はどこからどう見ても子供なのだが、突っ込むのも野暮なのでやめておこう。

「だから私はタリス男爵が従兄だってことは秘密にするわ。それで公爵令嬢でなくなったとしても平気。自分の地位は自分で作るから。それにそうした方がお姉様にとって良い環境になるのは間違いないし」

「私より自分のことを優先していいのに……」

「私はなんだかんだで上手く生きていくことができるから平気よ。それに、どっちみちお父様が公爵のままだったらいずれ沈んでしまうもの。傷が浅い内に陸に上がった方が良いと思うの」

「一理あるわね」

「でしょう？　なので、タリス男爵がどうしようと考えていても咎《とが》める気なんてないわ」

私としても本来の目的が果たせそうだからありがたい。

セレネもまともな従兄がいることが分かって安心した部分もあるだろう。

これで話は終わりかと思っていたら、セレネが思い出したかのように口を開いた。

「そういえば、本当のお名前は何と仰るの？」

「……エリックだよ」

「じゃあ、エリックお兄様ね。従兄がいると知れて本当に嬉しいわ」

「俺もずっと人に言えなかったことを打ち明けることができて心が軽くなったよ」

「ですが、公表されるまで内密にしておきますのでご安心下さい。平和的に解決されることを祈っております」

まあ、平和的に解決などしないだろうけれど。

そうして数日後、突然エリックは皇帝から呼び出されたと言って我が家での任務を切り上げて姿を消したのだった。


「水くらいご自分で取りに来てくれます？」

呼び止めた使用人の言葉に私の額に青筋が浮かんだのが分かる。

エリックが屋敷からいなくなった途端に、古くからいた使用人達の態度は以前と全く同じに戻っていた。

監視の目がなくなれば元通りか、と呆れたように笑うと背後から「ちょっと！」という声が聞こえてくる。

「お姉様に何て口の利き方をしているの？　立場をわきまえなさい！」

「セ、セレネ様!?　なぜこの方を庇われるのですか？」

「私のお姉様だからよ！　今後このようなふざけた態度を取ったら許さないからね！　早く水を持ってきなさい……！」

「はっはい！」

セレネの剣幕に慌てて立ち去る使用人の女性。

完全に私が出るタイミングがなく、拳を振り上げることすらできなかった。

というか、いつから見ていたのだろうか。

「気持ちは嬉しいけれど、私達が仲が良いことが知れたら」

「お父様達はもうそんなことに構っていられないでしょう？　それよりも頭を悩ますことが起きたのだから」

「まあ、それはそうだけれどね……」

「ぜひともエリックお兄様には頑張っていただきたいわね」

腰に手を当てたセレネは鼻息を荒くしている。

そう……エリックは屋敷からいなくなった後、母親の実家であるクライン伯爵家に戻ったのだ。

すぐにクライン伯爵家から皇帝に、エリックの体調が日常生活に支障がないくらいに回復したことが知らされた。

エリックが回復したことは瞬く間に貴族に広がったことでフィルベルン公爵の耳にも入り、現在彼は妻とのケンカも忘れて焦っては蔭で色々と画策している。

自分の地位が脅かされるかもしれないと思っているのだろう。

実際その通りではあるが。

「それに、もしも仮に私がお姉様と同じ待遇になっても構わないと思っているの。大人としてどうかと思う人達に酷い態度を取られたところで相手を可哀想に思うだけで傷つきもしないわ」

迷いのない声と真っ直ぐにこちらを見つめる力強い眼差しに、セレネが親に対して何の期待も持っていないことが窺い知れる。

セレネは以前、私のためにもエリックがフィルベルン公爵になった方が良いと言っていたが、それはセレネにも言える。

今のフィルベルン公爵夫妻は優秀な娘を求めていないので、周りを見て理解したセレネはある意味抑えつけられる窮屈な生活を強いられるだろう。

アリアドネのためにと考えたことではあるが、今はセレネのためにも計画が上手く行って欲しいと思っている。

一応、エドガーにはエリックがいなくなってすぐに動くように頼んであるし、フィルベルン公爵とも接触できていると聞いていた。

向こうがこちらの罠に引っかかるのは時間の問題だとも思っている。

なんせ、あそこまで焦っているのだ。藁《わら》にもすがる思いでエドガーの手を借りるはずだ。

ただ、別のところにまで依頼を出す可能性もあるからそれが心配と言えば心配でもあるが。

「本当に……どうしてお父様もお母様もなんでも自分の思い通りになると思っているのかしら？　皇位継承権を持っているから？　四大名家だから？」

「セレネ……」

「それでも自分の実力を過信しすぎなのよ。大きな力を与えられても上手く扱えないのならそれなりに生きなければいけないのに」

「屋敷内なのだから声を抑えて……お父様達に知られたら大変なことになるわ」

「私に知られたらなんだというのかしら？」

コツコツという足音と共にフィルベルン公爵夫人が侍女を従えて歩いてくる。

不機嫌さを隠そうともせずにいる辺り、ある程度は聞かれたかもしれない。

「最近、セレネが泣くこともなにかをねだることもなくなったと思ったら、貴女のせいだったのね」

「何のことでしょうか？」

「しらばっくれて……！　セレネを脅して大人しくさせていたのでしょう！　なんて卑劣なことをするのかしら」

「私はお姉様から脅されてなんかいないわ。一部だけを見て判断するのはやめて」

セレネから反論されるとは思っていなかったのか、フィルベルン公爵夫人は目を瞠《みは》った。

「貴女を庇うなんて、一体セレネに何を言ったの？　悪魔の子」

「その言葉通りなら、お母様が悪魔になりますね」

「グフッ」

私の返しに、油断していたセレネは下を向いて肩を震わせている。

おおよそ貴族令嬢とは思えぬ声を上げさせてしまったことが申し訳ない。

「な、なな……私を悪魔だなんて！」

一気に顔を真っ赤にさせたフィルベルン公爵夫人は物凄い剣幕で私に食ってかかる。

エリックのこともあって余計に気持ちに余裕がないのだろう。

「落ち着いてお母様。私はお姉様に虐められてなんていないし、脅されてもいないわ。とても良くしてもらっているのよ」

「貴女は優しい子だから姉を守りたい気持ちも分かるけれど、そんな子を庇わなくてもいいの。それに最近勉強を頑張っているみたいだけれど、女に学は必要ないのだからやらなくてもいいのよ。いつも笑って殿方の言葉に適当に相槌《あいづち》を打っていればいいだけなのだから」

「それはお母様の価値観でしょう？　私は違うわ。私は知らないことを知りたいの。世界がどんどん広がっていくのが楽しいの。だから、勉強するのは私の意思。それを尊重してはくれないの？」

え？　と言ってフィルベルン公爵夫人は固まった。

これまでのセレネからは想像もできない発言。

隠していたから公爵夫人が知るのはこれが初めてであろうが、それでも娘をよく見ていれば気付く変化だ。

本当にこの人達は子供を道具か何かだとしか思っていないのだろう。

「それと私はお姉様のことが好き。尊敬しているし、お姉様のようになりたいとも思っているわ。仲良くなりたいの」

「貴女が虐められるだけよ。目を覚ましなさい！　そんな子と仲良くしてもセレネのためにはならないわ」

必死に説得する様を見ていたセレネの目が軽蔑するものに変わるのを見逃さなかった。

「……お母様はお姉様が私を虐めるから罰を与えているのだと言っていたわよね？」

「ええ。そうよ。実際にセレネは泣いていたし虐められたと言っていたじゃないの」

「どうして妹を可愛がれないのかとも言っていたわよね？」

「その通りよ。だから罰を与えて」

「だったら、私とお姉様が仲良くなるのは私にとって良いことなのに、どうして文句を言うの？　姉妹が仲良くなれて嬉しいとどうして思ってくれないの？　問題が解決したことをどうして喜んでくれないの？」

ド正論すぎて公爵夫人はぐうの音も出ない様子だ。

セレネも本気で疑問に思っている訳ではない。なぜ私が差別されているのか本当の理由を知っているし、それに自分が利用されただけというのも分かっている。

これは単純に私を攻撃する公爵夫人に腹を立てて、言ってることが違うじゃないかと言い返してくれたのだ。

私が言っても効果がないからセレネが代わりに言ってくれたのだろう。本当に聡《さと》い子だ。

「…………そ、それは……。その子が……セレネを言いくるめているだけだからよ」

「お姉様のお蔭で、私は無闇に泣くことも、我が儘を言うことも、癇癪《かんしゃく》を起こすこともなくなったのに？　お母様は私の成長を喜んではくれないのね」

「貴女が変わったのは自分の力よ。そんな子のお蔭ではないわ。だって私の子なのだから自ら気付いたのでしょう？　さすがだわ」

「どうあってもお姉様の力だと認めたくないのね」

呆れた様子のセレネはため息を吐きながら首を振った。

完全に公爵夫人に対する期待がなくなったと分かる。

「お母様がなんと言おうと私はお姉様と一緒にいるし、仲良くするわ。だって私がそうしたいから。お姉様と一緒にいた方が自分のためになるもの」

「私に……逆らうつもりなの？」

公爵夫人の目が据わっている。

彼女の中でセレネは敵だと判断されたのかもしれない。

こうなってはセレネに相手はキツかろうと私が一歩前に出た。

「逆らうという発想がもう無理でしょう。お母様もお父様も結局、自分の過去を見たくないから私を差別していたのでしょう？　セレネはそれに巻き込まれただけの被害者よ。貴方方の事情に子供を巻き込まないでいただきたいわ」

「親の庇護《ひご》がなければ生きていけない子供が生意気なことを言わないでちょうだい！　私に逆らうなんて何を考えているの!?　ニコラスだって貴女達を許さないわ！」

「別件で今忙しいでしょうに、こちらにかまけている時間があるのかしら？」

嫌みったらしく笑ってみせると、フィルベルン公爵夫人はエリックのことを思い出したようで悔しそうに唇を噛《か》んだ。

「その件はきっとすぐに片付くわ……！　今の当主はニコラスなのだから、それが揺らぐことなど絶対にありえないもの」

「そうだとよろしいですね」

「今に見てなさい！」

捨て台詞を吐くとフィルベルン公爵夫人はきびすを返して立ち去っていった。

残された私とセレネは互いに顔を見合わせて苦笑する。

「話す度に尊敬やら親愛やらが減っていくのを感じるわ。これって私がおかしいの？」

「至って正常だと思うわ」

「良かった…………あっ！　思い出した！」

「何を？」

「お姉様を探していたのよ！　失礼な使用人に頭に血が上って忘れていたわ。……あのね、リーンフェルト侯爵から、というよりテオドール様から招待状が届いたの。お話がしたいから来ませんか？　って」

エリックがいなくなったから気を使って招待してくれたのだろうか。

お土産が手に入ればそのまま渡せるし、ついでに私がアリアドネ・ベルネットだとそろそろ話してもいいかなと思っていたからちょうど良い。

「それで私を誘って行こうと思って探していたわけね」

「そうなの！　行くでしょう？　テオドール様ともっと距離を縮めて欲しいもの」

「本音を全部言ってしまっては意味がないでしょうに……。でも、そうね。行くわ」

「本当に？　約束だからね」

嬉しさのあまり腕にしがみついて満面の笑みを浮かべるセレネ。

先ほどのフィルベルン公爵夫人との会話はもう気にしていないようで安心した。


テーブルには一触即発状態のテオドールとセレネ、私を見てニコニコ笑顔を見せているクロード。

私はなぜこんな修羅場みたいな場所にいなければいけないんだと遠くを見つめていた。

事の始まりはリーンフェルト侯爵家に招待されて屋敷に到着した辺りに遡《さかのぼ》る。

執事に案内されて応接間に通された私とセレネ。

用意されていたお菓子や紅茶を飲みながらテオドールが来るのを待っていたら、先に現れたのはクロードだった。

彼は挨拶をすると私達の正面に座り、というか私の正面に座り親切にこのお菓子は隣国から取り寄せたもので～とか、紅茶はリングム領の茶葉で～など聞いてもいないのに説明を始めたのである。

この対応は何なのか不思議に思っているとおもむろに彼は口を開いたのである。

「アリアドネ嬢の好物をご用意しました。お口に合えばよろしいですが……」

「お姉様はフィルベルン公爵家の領地で取れた紅茶しか飲んだことがなかったと思いますが……。それに隣国のお菓子も出るには出ますが、このお菓子は初めて見たものですよ？　どちらの情報なのでしょう？」

クロードが何を言っているのか分からず頭にハテナを浮かべているセレネであったが、私は分かった。

これはアリアドネ・フィルベルンの好物ではなく、アリアドネ・ベルネットの好物だということに。

（あれだけ私だと分かる証拠があるのだからいずれ気付くとは思っていたけれど、どうして私の好物をクロードが知っているのかしら？　そんな話は生前一度もしていないわよ）

話した覚えのない自分の情報を知っていることに多少不気味さはあったが、歓迎されているのは正直言ってありがたい。

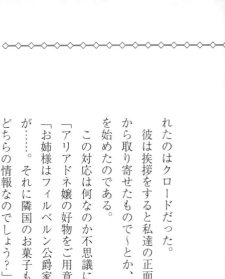

持ってきた証拠類も渡しやすくなるし、私がアリアドネ・ベルネットだという説明の手間も省ける。

とは思うものの、予想以上のクロードの態度に『この子、こんな性格だったかしら？』と柄にもなく動揺してしまう。

「個人的に調べた情報です。何が好きで何が嫌いか、よく観察していましたからね。なのでこのラインナップには自信があります……！」

「お姉様、帰りましょう」

「言葉のあやよ。リーンフェルト侯爵は言葉選びを間違えただけなのだから、変質者を見るような目で侯爵を見るのはやめなさい」

「まだ幼いアリアドネ嬢を見ると出会った頃を思い出しますね。でも口調も態度も雰囲気もあの頃のままで懐かしくもあります」

「帰りましょう……！」

「大丈夫。大丈夫だから落ち着いてセレネ……。リーンフェルト侯爵も誤解を招くような言葉は控えて下さい。いくら私がリーンフェルト侯爵の姉君と雰囲気が似ているからと言って同一視するような言動は周りに誤解を与えてしまいますよ」

他に人がいる前で言うなという意味も込めて言うと、クロードは満足げに笑ってみせた。

セレネもクロードの姉のことを言っているのかと納得してくれたようで、彼に向ける警戒強めの視線を緩めてくれた。

「これは失礼しました。フィルベルン公爵家のご令嬢が屋敷にいらっしゃるのでつい浮かれてしまったようです。それとアリアドネ嬢」

「何でしょうか」

「テオドールの話を聞いてくれてありがとうございました。改めて彼と面と向かって話したことで色々な問題があったことを気付かされました」

「……それはリーンフェルト侯爵を誤解されていた点でしょうか？　それとも家庭教師の件で？」

「どちらもです。私は子育てなどしたことがないので、テオドールにどう接すればいいのか分からず、自分が姉の姿を見て育ったのもあって背中を見せて育てればいいと思っていたところがありました。ですが、それは人それぞれであってテオドールに合ったものではなかったことを教えていただきました。家庭教師もすぐに解雇して新たに信頼できる人間に頼みましたし……」

二人の間で話し合いがもたれて、結果として良い方向になったのならこちらとしても嬉しい。

テオドールは変わりたいと言っていたから、ちょっとでも役に立てたのなら良かったと思う。

「私の至らない点を教えてくれて感謝します。やはり姉上は……」

「あの！　テオさ、テオドール様はお忙しいのでしょうか？」

（姉上とか言うんじゃないわよ！　言われたらフォローなんて出来ないじゃないの！）

慌てて私はまだ姿を見せないテオドールの話題を振って話を逸《そ》らした。

クロードも「ああ、そういえば」と言って切り替えてくれたお蔭で何とか危機を脱する。

「アリアドネ嬢に贈る花を選ぶのに時間がかかっているのかもしれませんね。すぐに呼びましょう」

「ええ。お願いします」

慌てさせてはいけないし、ゆっくりで良いと言おうと思ったが、このままではクロードが失言する恐怖に怯えなければいけない。

それならテオドールには申し訳ないが早く来てもらった方が助かる。

今の私の救世主は君なのだ。

「お待たせしてすみません……！」

ほどなくして、息を切らせたテオドールが色んな種類の花を持って部屋に入ってきた。

色鮮やかな花達を見て私はかなり真剣に選んでくれたのだなと微笑ましくなる。

「あの、これをアリアに……」

「お待ちになってテオドール様」

花を私に渡そうとしたテオドールに目を鋭くさせたセレネが割り込んだ。

どうかしたのかと不思議に思った私は取りあえず彼女が何を言おうとしているのか待ってみる。

「今、なんと仰いました?」

「これを」

「その後です」

「アリアに」

「それです！　どうしてお姉様を愛称でお呼びになるんですか！」

まさかの嫉妬だった。

テオドールのことは諦めたとは言ってもやはり好きな気持ちがあって当然だ。

愛称で呼ぶなんて嫌なのだろう。

そう思っても仕方がないな、と思っていると、更にセレネが続ける。

「私ですら愛称で呼んだことがないのに！　ズルイです！　羨ましいです！　抜け駆けです！」

一気に私は脱力した。

嫉妬って、私にじゃなくテオドールに対してか……。

そもそもセレネは何を言っているのか。張り合ってどうする……。

「それは……僕と友達になってくれるって言うから……。だから愛称で呼び合おうって」

「ではテオドール様のこともお姉様は愛称でお呼びになっているのですか？」

どうなんですか!?　とセレネの視線が私に向く。

救世主を呼んだつもりが燃料を投下してしまったらしい。

ここは誤魔化さずに正直に言うのが正解だろうと私は口を開いた。

「ええ。テオ様と呼ばせていただいているわ」

「距離が縮まって嬉しいけれど、お姉様を愛称で呼んでいるのは悔しいわ……」

「……だったら、セレネも私のことを愛称で呼べばいいじゃないの」

「お姉様を……？」

その発想はなかったとでも言いたげにセレネは口をポカンと開けている。

しかし、頭で正しく処理できたようで笑顔を見せたがすぐに首を振ってしまう。

「それだとテオドール様の特別感が薄れます！　お姉様を愛称で呼ぶのはテオドール様だけでなくては……！」

「特別も何もないでしょう。これから仲良くなる方だっていると思うし、愛称で呼び合う仲になる方も中にはいるでしょう」

「テオドール様以外は却下です。私の目が黒いうちは認めません」

いえ、私の許可は？？？

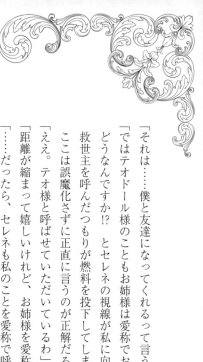

まさか愛称で呼び合うだけでこんなに大きなことになるとは思いもしなかった。

人の価値観はよく分からないものだ。

ということで、冒頭の修羅場のような空気になった理由というのがこれである。

クロードに証拠を渡すのと正体を明かすのが本来私がしたかったことだったのに、予想外に時間を食ってしまった。

正直、もう帰って休みたいがそういうわけにもいかない。

きちんと仕事をしなくては、と思い私はクロードに目を向けた。

「リーンフェルト侯爵と二人で少しお話ししたいことがあるのですがよろしいでしょうか?」

「……ええ。構いませんよ」

「ありがとうございます。来てすぐに席を外して申し訳ありませんが、テオ様にセレネの相手をお願いして大丈夫でしょうか?」

「はい。……あの目が怖いですけれど、アリアの話をして待っています」

「できれば世間話でお願いしたいところなのですけれど……」

いや、ケンカにならなければ何でもいいか。

隣にいたセレネには小声で「何でもかんでもお話ししてはダメだからね」と言うと「任せて!」という頼もしい返事が返ってきた。

安心できないのはなぜだろうか。

「では、行きましょうか。こちらです」

「行ってくるわね」

二人に挨拶をして私とクロードは部屋を後にした。


クロードに連れてこられたのは彼の執務室。

扉を閉めて私を振り返った彼は嬉しさが隠しきれないような笑顔を浮かべていた。

勢いで抱きつかれるのではないかと思うほどだ。

だが、昔話をする前に彼に伝えておきたいことがある。

私はポケットに入れておいた袋を取り出して、中に入れてあったものを彼の胸元に押し当てた。

突然の私の行動に彼はキョトンとして、胸元に当てられているものと私を交互に見ている。

「これは？」

「エリックの誘拐と殺害を依頼する手紙よ」

「はい？」

「頼みに来たのはうちの執事だけれけど、依頼主はフィルベルン公爵。最初は手紙だけだったから、執事の跡をつけて家を特定して夜半に直接公爵と会って顔は確認してあるそうよ。そのときに依頼は受けると返事もしてあるって」

「誰が？　というか話が全然見えてこないのですが？　どういうことなんですか？　最初から説明して下さい」

エリックが回復したと公表したら、命を狙われることは織り込み済みだとてっきり思っていたが違ったのだろうか。

いや、それならそれできちんと説明をしなければ。

「エリックが回復したと公表されたことで、公爵の地位が脅かされると考えたフィルベルン公爵が何か手を打つんじゃないかと思ったのよ。だから私は情報ギルドに依頼をしてフィルベルン公爵に接触してもらって何らかの依頼をしてくるように仕向けたわけなのだけれど」

「ああ……そういうことですか。姉上が頼まれたのかと思って混乱しました。第三者を挟んでいたわけですね。その第三者って、もしかして昔、貴族派御用達だったあの情報ギルドだったりします？」

「ええ。そうよ、鋭いわね。……まあ、とにかくそういうことだから証拠を受け取ってちょうだい」

クロードの胸元においている手を更に強く押しつける。

苦笑した彼は「分かりましたよ」と言ってようやく手紙を受け取って内容を確認した。

「……これだとフィルベルン公爵が依頼主だと分からなくないですか？　証拠として出しても証明することはできないかと……。それに情報ギルドの長が公爵と対面しているようですが、それを発言したところで信用される可能性は低いですよ」

そんなことは分かっている。今手紙を渡したのはクロードにフィルベルン公爵の策を知らせるため。

「だからクロードに動いて欲しいのよ。簡単に言えば、エリックにはわざと誘拐されて欲しいの。誘拐犯はエリックを皇都の外れの小屋に連れて行って、そこにフィルベルン公爵が確認のため訪れるように仕向ける。そこでエリックが誘導尋問するなりして、自分が依頼したことを発言させてしまえばいい」

「……その場に俺なり政治面で発言力の強い人間が居れば証拠としてこれ以上のものはない、と？」

「その通りよ。要は言い逃れできないように退路を断てばいいってことね」

私の言葉を聞いたクロードはそれまで真顔だった表情から一変して満足そうに笑った。

「姉上だと思ってはいましたが、実際にそんなことがあるのかと疑ってもいました。先ほどもはぐらかされるばかりで確信は持てなかったのですが、今の言葉を聞いて確信しました。言葉遣いや態度、雰囲気……まるで二十年前に戻ったかのようで懐かしく思います。本当に姉上なのですね……」

「あれだけ私だという分かりやすい証拠を残しておいたのだから、気付いてもらわないと困るわよ。でも少し怖いとも思っていたのも事実かしらね」

「怖い？」

「ええ。私はクロードにとって良い姉ではなかったし、憎まれていても仕方がないと思っていたのよ」

「そんなわけありません！」

物凄い剣幕で大声を出してくるものだから、予期しない行動に思わず驚いてしまう。

私がビックリしたのに気付いたのかクロードは途端に申し訳なさそうな表情を浮かべた。

「あ、すみません……。でも俺が姉上を憎むなんてありえない話です。皆が俺を見下す中で姉上だけが俺を対等に扱ってくれた。俺と目線を合わせて見てくれた。それがどれほど俺にとって救いだったか分かっていますか？」

「ただ、張り合っていただけじゃないの。命を狙っていた相手を救いだったなどと言わないでちょうだい」

「俺は嬉しかったですよ。あれは姉上からの宿題なんだって思っていました。全部こなしたら……その、褒めてくれるかなって……」

いい年をした男がモジモジして照れている。

いや、それはどうでもいい。宿題ってなんだ。

こっちは本気で命を狙っていたのに、それがクロードには一切伝わっていないではないか。

私だけが必死になっていたなんて小っ恥ずかしくて仕方ない。

「俺、姉上から褒められたかったんです……。よくやったな、って」

「よくやったわね」

「そんな棒読みで感情のこもってない言葉、嫌です！　もっと！　なんかこう……あるでしょ！」

「私の記憶の中のクロードもそんなこと言わないわよ……」

まさかクロードの本当の姿がこれだったとは思いもしなかった。

冷静沈着で頭が切れて何事にも動じないイメージだったのに、まるでセレネのようではないか。

嫌われるよりは断然良いが、衝撃の方が強すぎる。

「姉上の中での俺も興味ありますけど、ちょっと思い出したことがあるので聞いて良いですか？　良いですよね？」

「私の許可が必要ないやつでしょう、それ」

「あのですね、皇都の裏道に隠してあった姉上の隠し財産がなくなっていたんですけど、あれって姉上が回収したんですか？」

「その前にどうして私の隠し財産の場所を知っているのよ……！」

誰にも言っていないし、隠しているところを見られないようにしていたのに。

何でも知っているのが怖すぎて仕方がないのだけれど。

「そんなの姉上のことを見ていたからに決まっているじゃないですか。で、回収したのは姉上なんですよね？　そうでなかったら相手を探してボコボコにしないといけないんですけど」

「……言いたいことは色々あるけれど、取りあえず回収したのは私よ。情報ギルドを利用するのに私が使えるお金がなかったから持って行ったの」

「情報ギルドを？　姉上に知らない情報なんてないでしょうに」

「私一人で集められる情報なんてたかが知れているわよ。それに目覚めたばかりで味方なんていないし、聞ける相手もいなかったもの」

「ということは、突然姉上の人格が出てきたのですか？　元からいたというわけではなく？」

そうか、そこから説明する必要があるのだな。

初めから分かっていたから説明を省いてしまったが、そこも説明すべきだろう。

私はアリアドネ・フィルベルンとして目覚めたときのことから、かいつまんでクロードに話した。

全てを聞き終えた彼はどこかホッとしたような表情を浮かべている。

「二十年前のあの日、あまり苦しまずに済んだのですね……。ずっと俺が目を離さなければ、側にいたらと後悔してばかりだったので……」

「貴方にはやることがあったのだから仕方がないでしょう。それに殺されても文句は言えないことを私がしたのだから、その点に関しては未練も何もないわ」

「俺は死んで欲しくなかったです。俺にとっても帝国にとっても姉上は必要な人でした」

「確かに今の帝国に必要な人材だというのは分かるわ。毒の耐性がないと自分で試すこともできないし、本当に上手く調合できたのかも分からないものね」

うんうんと私が頷いていると、クロードがえっ？　と目を剝《む》いている。

「ご自分で試していたのですか!?」

「どういう効果があるものなのか本に書いてあるだけでは分からないでしょう？　自分の体で体験してみるのが一番手っ取り早いと思ったのよ。お薗で少量でも舌で感じる痺《しび》れとかピリつきとか苦みなんかで分かるようになったもの。あと鼻から抜ける匂いとか喉の焼ける感じとかもかしら」

「……ご自分の体をなんだと思っているんですか…………。あっ、まさか今もそれをしていないでしょうね？」

「毒に耐性がないのにやるわけないでしょう？　私はアリアドネの体をお借りしているのに、無茶するわけがないわ。だから慎重に動いていたのだから」

今はしていないと聞いてクロードはホッとしているようだ。

だがすぐに何かに気付いたように私を見てきた。

「狩猟大会の馬の暴走は姉上がけしかけたとかではないですよね!?」

「あれはセレネの護衛騎士がやったのよ。まあ、けしかけて森に迷い込ませるのだろうなとは思っていたけれど」

「どうして策に乗ったんですか！」

「アリアドネの血を考えれば絶対に誰かしらが皇帝に報告するでしょう？　そうすれば信頼を置いている貴方が来るのではないかと思ってね。でもエリックも来てくれて助かったわ。公爵を替えることも念頭に置いていたから、本人がどう思っているのかを実際に確認したかったのよね」

「それすらも姉上の手の内だったんですか……。本当に危険な真似はやめて下さい。俺が来なかったらどうするつもりだったんですか」

クロードは少し怒っているようだ。

いくら中身が私だとしても、実際には子供だから心配してしまったのかもしれない。

「絶対に来るものだと思っていたし帰れる自信があったのだけれど、無茶をしたのは認めるわ。自分を過信するのは良くないと思っていたけれど、まだ分かっていなかったみたい」

素直に反省の言葉を口にすると、クロードが狼狽えたのが分かった。

非を認めたのがそんなに驚くことだろうか。

「随分と……雰囲気が変わりましたね」

「最後のときとそう態度は変わらないと思うけれど？」

「姉上にとっては一年未満しか経ってなくても、俺は二十年経ってますからね。さすがに記憶が薄れている部分もありますよ」

「ああ、そうだったわね。随分と貴方も年を取っているものね」

「姉上が納得する年の取り方をしているかいつも不安でしたけれどね。結局、俺は姉上の汚名をそそぐことができていないですし」

そこまで責任を感じずともいいのに、真面目な男だ。

二十年経ってもそういった面は何も変わっていなくて懐かしい気持ちになる。

「実行犯は私ではないというだけで、作った責任はあるわ。作らなければ死ぬ人は誰もいなかったのだから」

「利用する人間が悪いんですよ」

「それでもよ。過去はなかったことにできない以上、こうして私が体を借りることができたのだから、罪滅ぼしとして少しでも人の役に立つことがしたいと思ってね。幸い、私には人より毒の知識がある。調合も得意だし多少は薬の知識もある。帝国のために、何よりアリアドネのために私の力を利用して欲しいの」

「変に責任感が強いところは変わりませんね……。ところでアリアドネ嬢のためということは、彼女の評価を変えたいと？」

その通りだったため、私は真剣な顔で頷いた。

「この子は決して人から馬鹿にされるような子ではないわ。公爵令嬢としての矜持《きょうじ》を持っていた。真っ当な愛情ときちんとした教育を受けていれば、きっと立派な淑女になれていた子よ」

「なるほど。ですが、そこに姉上の知識を足すのはどうしてですか？　姉上なら社交界に出ただけで彼女の評価も上げることができると思いますが」

「……罪滅ぼしの意味もあるからかしら。今度は殺すためではなく生かすために私の力を貸したいと思ったのよ」

「姉上らしい責任の取り方ですね」

優しげにフッとクロードが笑う。

彼に張り合う気持ちがなくなればこんなにもまともに会話ができたのだな。

過去の私は本当に間違っていた。

今度はきちんと彼と向き合って行こう。そう思えた。

「さあ、私の話はこれで終わりよ。フィルベルン公爵の件に戻りましょう」

「そうでしたね。ですが、罠にはめなくても近い内にエリックがフィルベルン公爵になるのは決まっています。当時は彼が赤子だったので、成人するまでという約束でニコラスが公爵になったのですから」

「そういう取り決めがあったのだとしたら余計なことをしてしまったわね……」

「いいえ、姉上の考えた罠は効果があると思いますよ。公爵を交代させるだけならそこまで意味はありませんでしたが、姉上をフィルベルン公爵から遠ざけるのにはちょうど良いのです」

私を？

クロードは私の知らない何かを知っているようだ。

「親子関係というのは面倒なもので、そう簡単に引き離すことができないんです。けれどフィルベルン公爵が何かしらの罪を犯して養育者として不適合だとなれば保護する名目で養育者を変えることは可能になるんです」

「ということは公爵が持っていた帳簿の不明瞭な支出は役に立たなかったのかしら？」

「あれは裏カジノへ援助していたものでしたね。ですが、あれは事業を任されていた者が勝手に行っていたことだったので、養育者として不適合とするには弱いんです。まあ、裏カジノの責任者がラディソスの密輸に関わっていたことは分かったので、件《くだん》の男爵はすでに処分されています」

「関わっていた、ということは首謀者ではないのね」

「はい。どうも男爵も騙される形で片棒を担いでいただけのようで、それ以上詳しくは……。ただ警戒はされたのか、流通自体はパッタリとなくなりましたね」

男爵を切り捨てることで逃げたのか。

大元の犯人を捕まえられなかったのは痛いが、流通が止められたのならまだマシである。

……どうせほとぼりが冷めたら何食わぬ顔で売りさばこうとするだろうけれど。

「……警戒を緩めることはできないけれど、ひとまずそれは解決したのね。ところで話を戻すけれど、クロードは養育者を皇帝かエリックにさせようと考えている、ということかしら？」

「そういうことです。どうやって養育者を変更するか悩んでいたのですが、先ほど聞いた姉上の罠を使えばそれが可能になります」

「自分で提案しておいてアレだけれど、エリックに怖い思いをさせてしまうことになるのは大丈夫かしら？　不都合があれば他の似た人に頼むこともできるけれど」

「いえ、大丈夫です。エリックはああ見えて鍛えていますし、北部でも野盗やらを相手に暴れることもあったので荒事には慣れていますから」

見た目は文官なのに意外だ。

あまり血の気が多いタイプには見えなかったが、見た目によらないものである。

「それにしても、よくこういった策が思い浮かぶものだと感心します。無駄のない鮮やかな手並みはさすがの一言ですね」

「褒めても何も出ないわよ」

「事実を述べているだけですよ。昔からそうでした。貴族としての立ち居振る舞いを見て格好いいと幼心に思ったものです。大人顔負けの博識さに下の者に対する毅然とした態度。厳しいけれどミスしたとしても過剰に責めずに感情で怒らない冷静さ。なのに俺に対してだけ余裕がなくなる姿。俺を見る冷たく残酷な視線にちょっとゾクゾクしたものです」

いきなり始まった一人語りに私は壁に掛けられた絵画を見て、あれは北部の大聖堂だななどと違うことに意識を向ける。

「それと姉上がたまに寝不足の顔をしていたのを心配していたのも良い思い出です。……あれ？　聞いてます？」

「鈍器で殴ったら正気に戻るかしら？　と考えていたわ」

「正気に戻る前に普通に死んでしまいます」

そこは冷静なのだな。

何がそこまでクロードに語らせるのか分からないが、本当の意味で嫌われても憎まれてもいないということを知れて安心した。

とにかく、まずはフィルベルン公爵の動向をよく見ていつでも連絡を取れるようにしておこう。

というようなことをクロードと話して、私達はセレネ達の元に戻った。

四人で世間話をしながら楽しい時間？　を過ごし、リーンフェルト侯爵家を後にしたのである。

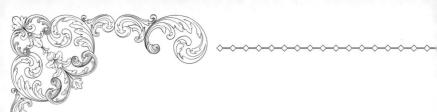

気弱令嬢に成り代わった元悪女

〔終章〕未来に向かって

エドガーからフィルベルン公爵が動くという連絡もないまましばらく過ぎたある日。

ついに、その知らせが舞い込んできた。

場所は皇都の一角にある離宮。エリックの父親が仲良くしていた貴族達で久しぶりの再会を祝おうという名目で皇帝が招待したらしい。

もちろんフィルベルン公爵家も招待されていたが、出席するのは私とセレネのみ。

公爵夫妻は先に別の家に招待されたとか言って私達に行くようにと言ってきたのだ。

セレネも行かせるということは、二人にとって彼女はもう利用価値のない人間だと言っているも同じこと。

話を聞いていたセレネは気にする素振りもなく「分かりやすい人達だわ」と呆れたように苦笑していたけれど。

そもそも、先に約束があったからといって皇帝からの招待なのに私達を代わりに行かせるのはどうかと思う。

あの人達の心証が悪くなるだけだから、別にいいけれど。

何にせよ、計画は今日実行される。

集まりの帰りにエリックの乗った馬車を襲って皇都の外れにある小屋に誘拐する予定とのことだ。

ついていくことはできないので、クロードとエリックに任せるしかない。

どうか上手く行きますように、と祈りながら私はセレネと一緒に離宮に行ったのだった。


皇都の一角にある離宮・アレグリア宮殿。

その昔、毒草・薬草の研究のため建てられた場所で、今もその姿は健在で至るところにそういった草花が植えられて青々と茂っている。

中には小さな川も流れている自然豊かな場所で、白を基調とした建物は洗練された美しさがあり、身が引き締まるような気持ちになる。

それはセレネも同じだったようで、珍しく緊張している。

「私がお話しするから隣で相槌を打っていても構わないわよ」

「いいえ……。フィルベルン公爵家の代表として来たのだから、しっかりとした姿を見せないといけないもの。それに陛下にもエリックお兄様にもみっともない姿は見せられないわ」

「頼もしいわね」

しっかりと公爵令嬢だということを自覚している発言だ。

自覚してから一年も経っていないというのに随分と大人になったものである。

「さあ、では行きましょうか」

緊張しているセレネの背中に優しく手を添えて私達は離宮の中へ足を踏み入れた。

招待客がいる場所まで案内されてそれとなく周囲を見てみると、先に到着していた人達が皇帝やエリックと談笑している姿が目に入る。

彼らは部屋に入ってきた私達に気が付くと怪訝《けげん》そうな表情を浮かべため息を吐いていた。

「あまり歓迎されていないみたい」

「いえ、あれはお父様達が来なかったことに呆れているだけよ。私達に向けられたものではないから安心なさい」

「ああ、そういうこと……」

その証拠に彼らはすぐに笑顔を向けて私達を歓迎してくれた。

「アリアドネ様、セレネ様。お目にかかれて光栄です」

一人の中年女性が恭しく私達に向かって礼をする。

彼女は、タラン子爵家令嬢だった方のはず。今はレクラム伯爵夫人だと貴族名鑑に書いてあったな。

清廉潔白な人物だったから、私の名前の件も評判も鵜呑《うの》みにせずに公爵令嬢として扱ってくれたのだろう。

それは他の人も同じだったようで、皆が皆、私を公爵令嬢として尊重してくれた。

もしかしたら皇帝はそういった人物を招待してくれたのかもしれない。

細やかな気遣いのできる男である。

「フィルベルン公爵夫妻が来られなかったのは残念ではあるが、従兄妹同士顔を合わせることができたのは幸いだ」

「ええ。本当に……。お三方とも先代のフィルベルン公爵夫妻に雰囲気がよく似ておられます。懐かしく思います」

「ご聡明で強い信念を持つところは特にですわね。お三方がいらっしゃればこれからのフィルベルン公爵家も安泰でしょう」

貴族の嫌みというのは上品だが見えぬ棘があるものだ。

どことなく懐かしさに過去を思い出していると、セレネに袖を引っ張られた。

「どうかしたの？」

「勉強不足だから違うかもしれないけれど、あれってお父様達が能なしだって言ってるという認識で間違いない？」

小声で聞かれ、私は軽く頷いた。

分からないなりに肌と空気で感じ取るとは将来有望な子だ。

「他の貴族に知られている時点でダメじゃないの……」

ポツリとセレネが呟いたその台詞。全くその通りだと思う。

ああいった人が友人にいて聞く耳を持つことができれば、また違っていたかもしれない。

結局はそういうまともな視点を持つ人を選べなかったフィルベルン公爵の落ち度。

それも含めて運も実力もなかっただけのことだ。

「アリアドネ、セレネ。あちらで子供達が集まっているから挨拶をしてきたらどうだ？」

ここからは大人の話になるからか、皇帝が発した私達を遠ざけるための言葉。

大人の話し合いに首を突っ込むほど野暮ではないので、言われた通り私達は子供達がいるスペースに移動する。

そこには銀髪の見慣れた少年が他の子供達と仲良く話しているところであった。

「あら、テオ様もいらしていたのですね」

「うん。エリック卿は義父《ちち》上と仲が良いからその関係で。アリアも来たの？　フィルベルン公爵が来るかと思っていたから、会えて嬉しいな」

「両親は先に会う約束をしていた方がいたので、代わりに私達が来たのです。離宮に来るのは初めてだったので友人の顔を見られて安心致しました」

テオドールがいたことで少し肩の力が抜けた私は彼と笑い合う。

だが、セレネは厳しい目をテオドールに向けている。

「セレネ、どうかしたの？」

「テオドール様はお姉様しか目に入っていないみたいね」

「そんなことないよ。ちゃんとアリアの妹君のことも目に入ってるよ。ただ先にアリアに話しただけだよ」

「あら、少しお会いしなかっただけで私の名前を忘れてしまったのかしら？」

「友達と友達の妹との差だよ。僕はアリアの唯一の友達だからね。唯一の」

また始まった。

この間から、なぜか二人は張り合うようになってしまったのだが、ここは他の子供の目もある。

「私は唯一の妹ですけれどね……！　テオドール様が目にすることのできない普段のお姉様を毎日見ることができる立ち位置ですし」

「僕は妹君にはできない話を聞くことができる立ち位置だけどね。刺繍も貰ったし」

「あれは私の功績でしょう？　お姉様が直接贈ったわけではないわ」

離宮にまで来てする話ではないだろうに全く……。

ここら辺でやめておくかと思ったが、二人は急に周りの子供達に視線をそれとなく向けて彼らの表情を見て互いに頷き合う。

「テオドール様とアリアドネ様が……友達？」

「しかもアリアドネ様の刺繍を受け取った？　そういう仲だということ？」

「さすがにフィルベルン公爵家の令嬢に勝てるわけない……」

あ、これは普通に周りを牽制《けんせい》するための会話だわ、私は額に手を置いた。

大人げないことをするなと言いたかったが、そもそもまだ彼らは子供だった。

「今日の主役はエリック様よ。あまり騒いではいけないわ」

「はーい」

「ごめん、つい。面白くて……」

全く悪びれる様子のない二人。特にテオドール。

強くなりたいと言っていたけれど、強くなる方向性が違うような気もするが。

というか、昔の腹黒第二皇子の片鱗《へんりん》を感じるのは私だけだろうか。

何にせよ、普通に仲良くしているのならそれに越したことはない。

騒ぎも収まり、子供は子供同士で領地の観光名所のことを話したり情報交換をしたりしながら有意義な時間を過ごすことができた。

他の子供達も私を公爵令嬢として扱ってくれて、拍子抜けしたほどだ。

もしかして、アリアドネをバカにしていたのは一部の貴族だけだったのか？　と思うほどである。

という感じで過ごしている間に離宮での時間は過ぎて帰宅することになった。

各々別れを告げて、私もセレネと一緒に迎えの馬車があるところまで歩いていた。

すると途中で奥の方に向かうテオドールが私の目に入ってくる。

あちらは森のようになっていて建物は何もない。

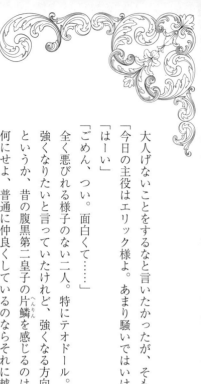

「セレネ。皇帝陛下にテオ様が北東の奥の方に向かって行ったと伝えてくれるかしら？」

「良いけれど、お姉様は？」

「追いかけて引き留めるわ。お願いね」

セレネの返事も聞かずに私はテオドールの後を追う。

「確かこちらに行ったはずなのだけれど……」

一旦立ち止まり、周囲を見回して耳に意識を集中させると人の足音のようなものが聞こえてきた。

それほど離れていないようだ。

私は再び足を動かした。

「テオ様！」

ようやくテオドールの後ろ姿を視界に収め、私は声を出して彼に駆け寄る。

ゆっくりと振り返った彼の顔は恐怖が入り交じった表情で何があったのか不安になった。

「戻ってアリア！」

「え？」

テオドールが駆けてきて、私の腕を引っ張り体を反転させる。

すぐに彼に抱きかかえられたと理解した。

顔を上げると、彼は前方を睨みつけているけれど、私を抱き留める腕は震えている。

「かっこいいねぇ」

「ここが離宮だと分かって侵入したの？　それとも貴族の子供を狙って？」

「俺らの標的はそこの女だよ。機会を窺ってたらお前らが来た。それだけだよ」

「つーか、お前の姿が見られたから対象じゃなくてそのガキが先に来たんだろうが。何かっこつけてんだよ」

「女も付いてきたんだから結果としては良いじゃねぇか」

（狙いはエリックではなく私？　まさか別の人間に頼んだ？）

「動くなよ。そっちのガキは予定になかったが、運が悪かったな……」

「ガキ二人が暴れてもどうにもならねぇのは分かってるだろ？　そっちの嬢ちゃんに怪我させたくなかったら大人しく付いてこい」

「連れて行くのは同じ場所で良いんだよな？」

「って聞いてる。向こうの一部には知らせてあるようだから、向こうが連れてくる人間と一緒に処理させればいいって話だ」

（分かるだけでも背後に一人、前方に二人。もしかしたら隠れているかもしれないし、ここは大人しく従った方がいいわね）

同じ場所、向こうが連れてくる人間という彼らの言葉を信じるならフィルベルン公爵が別の人間に私を誘拐するように頼んだのか。それとも公爵とは別の誰かか。

どちらにせよ、事情が分からないのに動くのはやめた方がいい。

だが、何もできずに連れて行かれるのも納得がいかないこともあって、私は何か使える物はないかと周囲を見回す。

すると、生えている葉っぱと落ち葉を見つけてあることが思い浮かんだ。

「テオ様、付いていきましょう」

「でも」

「少なくともここで殺されることはなさそうですし、暴れて殺されるよりはマシです。それに向こうが連れてくる人間というのは恐らくエリック様のことでしょうし、そこで合流した方が安心かと思いまして」

「なぁんだ。誰が連れてこられるのか分かってんのか。聞いていたより賢い嬢ちゃんだな」

グッと歯を嚙みしめたテオドールは私を抱き留めていた腕を緩めた。

その隙に私は葉っぱを何枚か引きちぎるとポケットに素早く隠す。

「……分かった。乱暴なことはしないで欲しい」

「それはお前ら次第だろ。じゃあ、行くぞ。途中で逃げようとか考えんなよ」

歩き出そうとした瞬間、私はわざと転んで地面に落ちていた落ち葉を片手で摑んだ。

「アリア……！」

「強がっててもガキだな。怖いなら怖いって言えばいいものを。おい、さっさと起きろ」

誘拐犯にバカにされながら、私は摑んだ落ち葉を先ほどと同じようにポケットに入れた。

立ち上がると背中を押され、私とテオドールは彼らに引き連れられて離宮の裏に用意された馬車に乗せられた。

手足を縛られてしまい、窓はカーテンで閉じられて外を見ることはできない。

警備のことも考えると、この人数が簡単に離宮に忍び込めるはずもない。

わざと警備の人数を減らしていたのかもしれない。

どちらにせよ、エリックが連れて行かれる場所と同じであればそこまで心配することもないだろう。

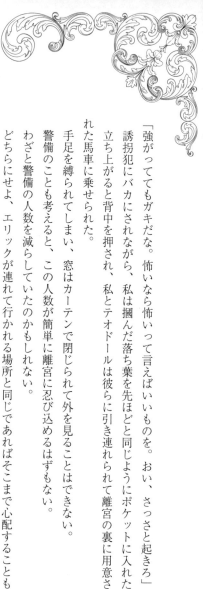

移動する馬車内で私は先ほど離宮で手に入れていた葉っぱのひとつをテオドールに差し出した。
手を前で縛られていて助かった。
「これは?」
「監禁場所は建物内だと思うので、もうひとつ採ってきた葉っぱを燃やして煙を充満させるのですが、それを吸い込んでも症状が出なくなる薬がこちらです」

「も、燃やす!?　でも都合良く火があるとは限らないと思うけど」

「離宮を出たのは夕方で、馬車をかなり走らせていますし、すでに外は暗くなっているはずです。建物内に火はあります」

戸惑うテオドールだが、エリックの行く場所であるなら小屋であることで間違いない。

エドガー側の人間が居たらさすがにやらないが、一応念のためだ。

「アリアは落ち着いているんだね。怖くないの？　それにどうしてビル、じゃなかったエリック卿が来ることを知っていたの？」

「そういえばテオ様は何もご存じありませんでしたね。実はエリック様を誘拐するように依頼したのは私の父、フィルベルン公爵なのです。公爵位をエリック様に渡さないようにするために誘拐して殺害するようにと」

「え!?　フィルベルン公爵が？」

「そうです。けれど、フィルベルン公爵が依頼したのはリーンフェルト侯爵の息がかかった者達。つまり、これはリーンフェルト侯爵の罠、ということです。監禁場所に公爵を連れて来て洗いざらい吐いてもらって、それを発言力の強い貴族に聞いて貰うことで言い逃れできない状況を作ろうという策なのです」

「……そういうことだったんだね。でも、どうしてアリアまで誘拐されるんだろう」

私の説明を受けてテオドールは幾分か落ち着きを取り戻したようだ。

けれど、まだ私が誘拐されることについては結びついていないらしい。

「父は私を疎ましく思っているので、ついでに始末したいからではないでしょうか？　父が依頼したというのはまだ憶測ですけれど、彼らを捕まえることができれば誰が依頼したのかも分かりますしね」

「父親からの依頼かもしれないのに、ショックじゃないの？」

「あの父親ならやりそうだなと思うくらいには信頼も信用もしておりませんからね。……私のことは良いのです。まずはこれを噛んで下さい」

揺れる馬車でバランスを取りながらテオドールの口に葉っぱを押し込むと私は自分の分を口に入れる。

原形がなくなるくらいに噛んでいると、どれだけ離宮から離れたのか分からないが、ずっと走っていた馬車が止まった。

どうやら到着したようだ。

すぐに馬車の扉が開いて誘拐犯が顔を覗かせる。

「出ろ」

ぶっきらぼうにそう言われ、足の縄だけほどかれて私とテオドールは外に出る。

私の想像していた通り、外れにある小屋がある場所。

小屋の周りには人気《ひとけ》もなく、建物内にも人がいるようには感じられない。

まだエリック達は来ていないようだ。

「向こうが来るのはもうちょい後か……。こいつらくくりつけてさっさとずらかろうぜ」

「貴方達の仲間もいないの？　待ち構えているかと思って少し緊張していたのだけれど」

「はぁ？　俺らはここにいる人間だけで他に仲間なんていねぇよ」

「おい。話してないでさっさと中に置いていこうぜ」

一部とはいえ、エドガー側の人間に話はしてあると言っていたのに、やけに逃げることを重視するではないか。

顔を見られたくないのか、見られないようにしろと依頼人から言われているのか。

けれど、すぐに逃げられては困る。

「ひとつお願いがあるのだけれど」

「逃がしてくれって言うんじゃないだろうな」

「さすがにそれは無理なことくらい分かっているわ。どうせ死ぬのなら最期に好きな香りの中で死にたいと思ったの」

「はぁ？　……好きな匂いの中で死にたいとか、貴族の考えることはよく分かかんねぇな」

「だって、あんなカビたような不衛生な場所で死ぬなんて耐えられないのだもの。死ぬのだからこれくらい叶えてくれたっていいでしょう？」

お願い、と懇願してみると、誘拐犯達は子供だと思って甘く見ているのか案外あっさりと許可が下りた。

エドガー側の人間が居ないのなら遠慮する必要もない。

許可が得られたところで私達は小屋の中に入り、誘拐犯がランプを付ける。

平らな皿に持って来ていた落ち葉を並べて、ランプから火を付けた。

瞬く間に他の落ち葉に火は燃え移り、煙が上がる。

監禁場所だから窓も閉められているし、煙が外に出ることもない。

「……変な匂いだな。こんな匂いが好きだとか貴族は変わってんな」

言いながら彼らは私達の足を縛っていくが、徐々に彼らの動きが鈍くなっていく。

体が左右に揺れはじめ、目が虚ろになりついには膝を突いてしまった。

「……お前……こ、れ……」

床に横たわる彼らはそれ以上声を発することは出来なくなり、意識を手放した。

彼らの様子を見たテオドールはただただ驚いていた。

「僕達はなんともないのに……。一体何をしたの？」

「煙を吸い込むと意識障害を引き起こしてしまう症状が出る葉っぱを使っただけです。ただ、持続性はそこまでありませんので、今の内に彼らの手足を縛っておきましょう」

「え？　どこでそんな知識を？」

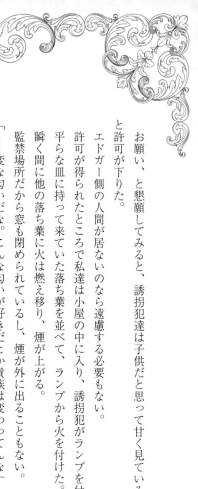

戸惑っているテオドールに説明する時間も惜しかったので、私は自分を縛っていたロープを外して彼らを縛っていく。

テオドールを縛っていたロープも外して、彼と協力して残りの人達を縛っていたら突然扉が開いた。

そちらに目をやると、いかにもならず者といった見た目の男達とエリックが立っていた。

彼らは私達を見て呆気《あっけ》にとられ口をポカンと開けている。

「あ、中に入ってこないで下さい。すぐに換気しますから」

「いやいやいやいやいや！　何でアリアドネがここにいるの？　それにテオドール卿も！」

目を見開いているエリックの質問に答えるよりも早く、私は小屋の窓という窓を開けてまだ煙が出ている皿を外に出した。

「離宮から帰ろうとしたら、奥に入って行くテオ様を見かけて追いかけたところ、床に横たわっている彼らに捕まってここまで連れてこられたのです。どうやら誰かからの依頼のようで、エリック様を始末するついでに私も始末させようとしていたようです」

「誰かからの依頼って一人しか思い浮かばないんだけど」

「奇遇ですね。私もです。けれど、憶測ですし分からないのでこうして犯人を捕まえて本人達から聞けばいいかなと思いまして」

「いや、だからって……」

未だにエリックは混乱しているようだ。

まあ、居るはずのない人が居たらそうなっても仕方ないか。

と思っていると、黒ずくめの人が前に出て来て、おもむろにフードを脱いだ。

「で、テオドールはどうして奥に入っていったんだ？」

「あ、義父上……。って義父上⁉　証人には義父上がなるから来られたのですか？」

「姉……アリアドネ嬢はテオドールにすでに説明しているようですね。話す手間が省けました」

今、姉上と呼びそうになったな、この男……。

だが、証人としてクロードが来たのか。確かに発言力はあるし、他の貴族から信頼もされているだろうし適任と言えば適任だ。

「で、どうして奥に？」

「怪しい人影が見えたので確認しようとしたんです」

「そういうときは自分で確認しようとせずに大人に知らせなさい。アリアドネ嬢がセレネ嬢に陛下に伝えるようにと言付けなければ、もっと大きな騒ぎになっていたところだ」

「陛下の離宮で誘拐されたわけですからね」

「その通り。エリックのこともあって、警備に人員を割いていなかったこちらの落ち度も多少はあるから強くは言えないが……」

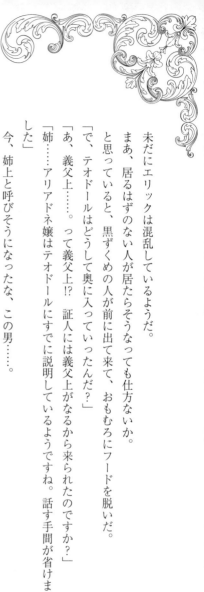

「いえ、考えが足りていませんでした。アリアを巻き込んでしまいましたし、反省しています」

申し訳なさそうに下を向くテオドールにクロードが歩み寄り、彼の頭に手を置いた。

「無事で良かった……」

「義父上……」

なんとも感動的な場面ではあるが、こんなことをしている時間があるのだろうか。

フィルベルン公爵が来るのではないか？　と思っていると、同じようにエリックも思ったのだろう。

遠慮がちに彼が口を開いた。

「そろそろ準備しません？」

おおよそ誘拐された人間の発する言葉ではないが、エリックの一言により彼らは我に返り各々準備を始める。

エリックは椅子にくくりつけられ、私とテオドールは手足を縛られて床に座らされる。

同行していた騎士達に私達を誘拐した人達を託し、クロードは他の騎士達に森に隠れているように指示を出す。

小屋内には私達の他にエドガー側の人間が残り、フィルベルン公爵の到着を待った。

窓も閉じられ全員が押し黙った静かな空間に、馬車の音が近づいてきて止まる音が聞こえてきた。

すぐに小屋内に緊張感が走る。

『本当に中にエリックとあいつがいるんだろうな⁉』

『はい。薬で眠らせていますが、そろそろ目覚めている頃です。確認して下さい』

『まだ殺してなかったのか！』

『殺される姿を見たいかと思いまして待っていたのです。どうぞ中でご覧になって下さい』

『……まあ、いいだろう』

顔を見なくても声だけで誰か分かる。

あいつ、と言っていたことから、やはり私を誘拐するように依頼したのはフィルベルン公爵。

怒りよりも呆れの感情の方が大きいが、本当に愚かな人だ。

けれど、エリックを始めとする面々は怒りの方が大きいようで、室内がピリピリした空気に包まれている。

そうして扉が開き、フィルベルン公爵が小屋に入ってくる。

エリックはすぐに下を向いて眠っている振りをして、私は怯えたようにフィルベルン公爵を見つめていた。

「椅子に座っているのがエリックか？」

「はい。まだ眠っているようですね」

「起こせ」

「……はい」

部屋の隅にいる私には目もくれず、フィルベルン公爵の興味はエリックだけに注がれている。

それほどフィルベルン公爵の立場を渡したくないのか。

（私も人のことを偉そうに言えた立場ではないけれどね。これが同族嫌悪というやつかしら？）

いや、今は私のことはどうでもいい。目の前のことに集中しよう。

起こせと命令された男がエリックに近寄り、椅子の脚を強く蹴り彼を無理やり起こす。

元々、起きていた彼はわざとらしく肩をビクつかせて恐る恐る顔を上げた。

エリックの顔を見たフィルベルン公爵はあからさまに顔を顰める。

「……嫌みなくらいに兄と似ているな」

「ということは貴方が叔父上、ですか」

「フィルベルン公爵だ……！　お前よりも私の立場の方が上だということを忘れるな」

「それはどうでもいいですが、俺をここに連れてきたのは貴方ですか？　何のために？」

「何のためかなんて聞かずとも分かっているだろうに……。病弱で私の地位を脅かすことはないからと見逃していたのに、今更になって回復したと表舞台に出てきたお前が悪い」

分かりきったフィルベルン公爵の言葉にエリックがため息を吐く。

その態度が彼は気に入らなかったようで、テーブルに置いてあったグラスをエリックに向けて投げつけた。

反射神経は良いようで、彼は難なくグラスを避けるとそれは壁に当たって砕け散る。

壁から距離があったので誰にも破片は当たらなかったが、短気な男だ。

「これから殺されるというのに随分と余裕があるじゃないか！　私を上から見おろすな！　いつもいつも小言ばかりで私のやること全てに反対して自由を奪っていた、あの兄とソックリだな！」

「それは貴方の選ぶことがことごとく道から外れていたからでしょう。良くない道に行こうとしている弟を止めていただけに過ぎないのでは？」

「顔を合わせるのは初めてのくせに、知ったような口を聞くな！」

怒鳴り散らすフィルベルン公爵にエリックは哀れみの眼差しを向けると小声で呟いた。

「……この人、本当に気付いていないんですね」

「は？」

「ところで、俺をここに連れてきたのは貴方なのですよね？　先ほどの話から俺を殺すつもりだということも分かりました。……貴方が計画して実行されたのですか？　唯一の血縁者なのに？」

フィルベルン公爵には聞こえてなかったようで聞き返していたが、エリックは二度も同じ事をいうつもりはないようで話を変えた。

「私以外にお前をここに連れてきて殺そうとする人間がいると思うか？　大体唯一の血縁者だからこそ、お前を殺すんだ。お前が生きていたら公爵の地位をお前に譲らなければならなくなるからな」

「俺が爵位は要らないと言ったとしても、ですか？」

「お前が要らないと言ったところで、成人したら爵位を譲ることは決まっていた。陛下がそう命じればそうなる。お前個人がどうこうできる問題ではない。だから死んでもらう。それだけだ」

「……であれば、アリアドネを巻き込む必要はなかったでしょう？　どうして彼女まで」

フィルベルン公爵は私を一瞥するとハッとバカにしたように笑った。

「アレはいるだけで不愉快でしかない。セレネを騙して自分の味方につける卑劣さも軽蔑する」

「……ご自分の不倫が周囲にバレそうになる存在だから嫌っているだけでしょうに……」

「なんだと……」

「なぜ、俺が公爵の不倫を知っているのか驚いている様子ですね。ここ最近ずっと屋敷で世話になっていたというのに、メガネを外して前髪を上げただけで分からなくなるとは……」

いや、そんなまさか……と言いながらフィルベルン公爵はエリックの顔をマジマジと凝視している。

この小屋にいる人間は彼以外味方なこともあって、エリックは余裕の笑みを浮かべていた。

「タリス男爵か……！　よくも騙していたな！」

「騙さないと貴方に殺されるから仕方なくですよ。爵位を奪うために赤子だった俺を殺そうとして母子を追い出した人間ですからね、貴方は。間に陛下が入ってくれなかったら俺はとっくに死んでいたでしょう」

「お前が生まれなければ私が正統なフィルベルン公爵になれていたんだ！　私の邪魔をするお前が悪い！　お前もアリアドネも私の人生には必要ない」

「もう良いだろう。エリックとアリアドネを誘拐して殺すように依頼したのはお前だということはハッキリした。これ以上、あの子を傷つけるようなことは言わせるな」

突然割って入って来た静かな凛とした声に全員の時が止まった。

私が声の主の方に視線を向けるとフィルベルン公爵も同じようにそちらに目を向けていた。

注目されていると分かったのか、声の主はフードを脱ぎ顔を露《あら》わにする。

そこに居たのはヘリオス皇帝その人。

声でなんとなく誰か予想は付いていたが、まさか皇帝本人がこの場にいるとは思わなかった。

私は純粋に驚いただけだが、フィルベルン公爵は目を見開いて絶句している。

何か言い訳をしようと口を動かしているが声が出ないようだ。

「見苦しい言い訳は結構だ。そなたの考えはよく分かった。到底、皇位継承権を持つ公爵としてあるまじき発言と行動には情けない気持ちになるな」

「お、お待ち下さい！　私は人に唆《そそのか》されただけで、進んでこのようなことを考えたわけではありません！」

「あれだけ言っておいてよくそのような言葉を言えるものだ。爵位の譲渡については以前の取り決めの通りにする故そのつもりでな。譲渡後の待遇については期待するな」

「そんな！　私は皇位継承順位第四位ですよ!?　私達家族を皇位継承から外すことは今の帝国にとって痛手でしょう？　国にとって何が一番良いのかお考えになって下さいませ」

自己保身に走るフィルベルン公爵に皇帝は冷ややかな視線を向けている。

すでに何の期待もしていないのが見て取れる。

「エリックはまだ若い。これから結婚をして子をなせば、そなたの継承順位は下がる。そなたを公爵から退かせたところで皇室を脅かすほどではない。それに、エリックの才能と優秀さはタリス男爵時代からよく分かっているので心配もない」

「そんな若造よりも私の方がお役に立てます！」

「ほう……。事業や領地を他の者に任せきりで、裏カジノに援助していたことも把握していなかったそなたがか？」

「う、裏カジノ？　……まさか、援助などしておりません！」

「そなたはしていないだろうが、任せていた者がやっていたのだ」

「では私に責任はないではありませんか！　他人が勝手にしたことまで私の責任になさるおつもりですか？」

本当にこの人は一族の長という自覚がないのだな。

才覚もないし、跡継ぎになるための教育も受けていないのだから仕方のない部分もあるが、それでもだ。

公爵になった後でいくらでも勉強できたはずだし、家を背負って立つ覚悟も持てたはず。それをせずにぬるま湯で満足していたのだから、こうなっても仕方あるまい。

「下の者の不手際はそなたの管理不足が原因だろう。ならばその責任は上に立つそなたが取るのが当たり前だ」

「そん、な……」

「では、詳しい事情は城で聞こう。フィルベルン公爵を連れて行け」

皇帝の言葉を皮切りに、外から騎士が入って来てフィルベルン公爵を取り押さえる。

「お前ら……！　私は皇位継承順位第四位のフィルベルン公爵だぞ！　このような扱いを受ける者ではない！」

「構うな。連れて行け」

なおも喚くフィルベルン公爵の声に耳も貸さずに騎士達は彼を外に連れ出した後、馬車に乗せて去って行った。

いなくなったことで、クロードがエリックを縛っていたロープを外す。

私とテオドールを縛っていたロープも他の人が外してくれて自由となる。

「大丈夫であったか？」

違和感から手首をこすっていると声をかけられ、私は皇帝に視線を合わせる。

彼は私を心配そうに見つめており、父親からの心ない言葉に傷ついているのではと案じているようだ。

「大丈夫です。さすがに私を殺そうとするとは、と思いましたが、側にテオ様とエリック様、それにリーンフェルト侯爵がいらっしゃったので、そこまで傷付きはしませんでした」

「そなたはあの者よりもよほど大人だな……」

あの人よりも子供の人を探す方が難しいのではないだろうか。

というか、クロードがなんとも微妙な表情を浮かべて私を見ているのが気になる。

大方、相性の悪かった私と皇帝が普通に話しているのを見て余計なことを考えているのだろう。

「……今回の件で陛下に余計な心労をおかけしたことを申し訳なく思っています。私のことは気にせず、公正な処分を望みます」

「そなたの地位が下がったとしてもか?」

「これ以上、どう下がるというのでしょう?」

実際、公爵令嬢として扱われていなかったのだから、爵位をエリックに譲ったところで私に対する態度はそこまで変わることはないだろう。

今まで通りと考えれば、実のところ何も困らないのだ。

「しかし、陛下。アリアドネ嬢には私と同じ、いえそれ以上の類い稀なる才がございます」

「クロード以上の？　ということは毒に関することで合っているか？」

「ええ。彼女とテオドールを誘拐した犯人に武力を行使することなく無効化できたのはそのお蔭です。その才はこれからの帝国に恵みをもたらすと私は思っています」

「クロードがそこまで評価するのは珍しいな……。一応心に留めておこう」

ナイスアシストだ、クロード。

さりげなく私を売り込んでくれるとは、出来た弟ではないか。ありがとう。

「では、私も城に戻ろう。クロードはテオドールとアリアドネを屋敷まで送り届けてくれ。セレネがいたく心配していたからな」

「畏まりました」

そうして皇帝とエリックが出て行き、私達も待っていた馬車に案内される。

テオドールに先に乗ってもらい、私は後ろを振り返ってクロードを見上げた。

「助かったわ、ありがとう。……よくやったわね」

クロードの腕をポンッと軽く叩くと、彼は素っ頓狂な声を上げて膝から崩れ落ちた。

なぜだ。

「え？　義父上？　何で膝から崩れ落ちたんですか？」

「リーンフェルト侯爵は私のファンだからではないかしら」

「え!?」

「多分熱狂的なファンです。恐らく」

「ええ!?」

我ながら雑な誤魔化し方だが、あながち間違っていないような気がするのは気のせいだろうか。

◆

「皇帝陛下から呼び出されるなんて、貴女一体何をしたの!?」

王城の控え室にて、私はフィルベルン公爵夫人の怒号を聞きながら用意された紅茶を飲んでいた。

さすが王城で出されるものは味が違う。紅茶の産地で有名なところでも一番等級の高いものだ。

「聞いているのかしら!? 離宮に招待された翌日に呼び出されるなんて、貴女が何か粗相をしたからに違いないわ。セレネ、一体何があったの?」

「え? あの……昨日、説明したでしょう? お姉様が帰ってきたときもリーンフェルト侯爵が説明してたと思うのだけれど……。それに王城の人がお父様の執務室を捜索していたじゃない」

すでに言ってあるのに、再度聞かれることが不思議で仕方ないらしく、セレネは戸惑いがちに答える。

けれど、フィルベルン公爵夫人はそれと皇帝から呼び出されたことが繋がらないようで顔を真っ赤にさせていた。

「そうよ。執務室に勝手に入られたこともそうだし、ニコラスも昨日から帰ってきていないではないの。どう考えても貴女がしたことの尻拭いをやらされているとしか思えないわ」

「セレネとリーンフェルト侯爵が説明したと思いますが、私は何も粗相をしておりません。お父様が帰宅しないのは本人に問題があって王城に連れて行かれたからです」

人の、というか私の話を聞かないから、こうなるのは想定内だ。

セレネなんてゴミでも見るような目で母親を見つめているではないか。

「そんなはずないわ！　皇位継承権を持っているのにどうして陛下がニコラスを王城に連れて行くのですか！」

「皇位継承権を持つ者として相応しくない行いをしたからでしょう……。都合の悪いことは見ない振りをするのはおやめ下さい」

「それは貴女でしょうに。親にまで何をしたのか隠すなんて……。しかもアレスまで呼び出されるとは……。ああ、頭が痛いわ……」

ダメだ。皇位継承権を持つ夫が陛下から罰せられるわけがないという自信があるからか、こちらの話を一切聞こうともしない。

こうなったら直接皇帝から聞くしか勘違いを正すことはできないだろう。

早く呼びに来てくれないかとため息を吐くと、苦笑するセレネに慰められるように肩を叩かれた。

「それにしてもお兄様も呼ばれたのに、どうしてまだ来ていないのかしら？」

「学院の授業を終えてから来るみたいよ」

「……陛下からの呼び出しよりも学院を優先したの？」

「困ったものよね」

セレネと話していたら部屋の扉をノックする音が鳴り、苛立ちを隠そうともしない様子のアレスが部屋に入ってきた。

彼はフィルベルン公爵夫人を見るとすぐに駆け寄り、肩をそっと抱いた。

「こんなに憔悴《しょうすい》してどうしたのですか？　父上は一体どこに？」

「あの子のせいでこんなことになっているのよ……。あの子が離宮で何か粗相をしてその責任を取らされるのだわ……」

フィルベルン公爵夫人の言葉を受けて、アレスは私を鋭い目で睨みつけてくる。

皇帝から呼び出されたのは私のことではないのだが。

「ですから、お父様の自業自得だと言っているではありませんか」

「父上がそのようなことをするわけがないだろう。デタラメを言うな！」

「デタラメかどうかは、陛下のお話を聞いてからにしてくださいませ」

「聞かなくとも分かる！　お前の性格はよく分かっているからな」

「お兄様……大声出して怖い……」

「あ、いや。セレネに対して怒っているわけではないんだ。あいつがおかしなことを言うから……」

斜め下を向いて体を震わせているがセレネの目は冷め切っている。

あれは完全に耳障りだと思っている目だ。

どうしよう。どんどんセレネが冷めた子供になりつつある。

「お兄様が怒るの見たくない。お姉様じゃなくてセレネを見てちょうだい」

「もちろん、セレネが一番に決まってるよ」

優しくセレネを抱き寄せるアレスとは対照的に、彼女は顔が見えないようにしながら私に向かって頰を膨らませる。

それに対して苦笑を返すと、王城の人が私達を呼びに部屋に入ってきた。

彼に謁見の間まで案内され、中に入ると皇帝と皇后、それにクロードにフィルベルン公

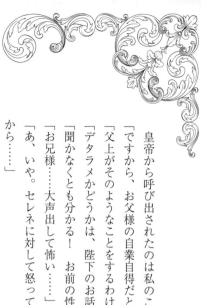

爵がすでに待機している。

「急に呼び出して驚いただろう」

玉座から声をかけられ、フィルベルン公爵夫人は恭しく頭を下げる。

私達も皇帝に頭を下げて彼の言葉の続きを待つ。

「……娘からは夫が何かをして王城に連れて行かれたと聞いております。ですが、夫は皇位継承権を持つ公爵。こうして家族全員が呼び出されるようなことになるとはどうしても思えないのです」

皇帝が話すのを待っていたというのに、フィルベルン公爵夫人は何を言っているのか。

隣のセレネなど「本当に喋らないで……」と口を動かさず小声で言っている始末だ。

皇帝も一瞬、何のことを言っているのか不思議そうな顔をしていたが、すぐに把握したのか呆れ顔になっている。

頭の回転が速いのは相変わらずのようだ。

「皇位継承権を持っていようといまいと行ったことに対する罰は平等に受けてもらう。フィルベルン公爵の立場を考えて罪状を説明していなかったことで勘違いさせたようだな」

「……で、では、本当に夫が？　あの子ではなく？」

「そなたらはアリアドネを何だと思っているのか……。そもそも十二歳の子供のしたことで家族全員を呼び出すはずがなかろう……！」

ピシャリと言われ、フィルベルン公爵夫妻の顔色が悪くなる。

話が通じない相手を前に皇帝の機嫌が悪くなっているのが私からも分かった。

「まずは、正統な血筋でフィルベルン公爵位を授かるはずだった者に来てもらおう」

皇帝が手を上げると、外から正装姿のエリックが入ってくる。

フィルベルン公爵は忌々《いまいま》しげに彼を見ていた。

フィルベルン公爵夫人とアレスは『正統な血筋』という言葉が引っかかっているのか、訳が分からないという表情を浮かべている。

もしかしたら、エリックが成人したら爵位を譲渡するという条件を知らなかったのだろうか。

「彼はエリック・ルプス・フィルベルン。先代のフィルベルン公爵の嫡男であったヴィクトルの息子だ」

「それは、存じ上げておりますが……。それと夫が王城に連れて行かれたことに何の関係があるというのですか？」

「二十年前にニコラスにフィルベルン公爵位を継がせたのは、エリックがまだ生後間もない子供だったからだ。彼が成人したら公爵位はエリックに譲渡するという条件で継がせた。文書も残っている」

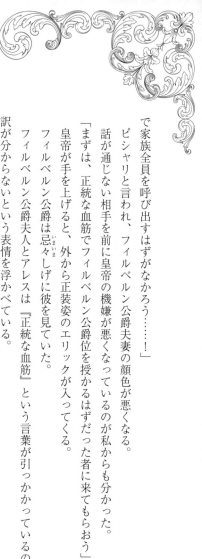

「そ、それは本当なのですか？　夫は何も私には……。あなた！」

フィルベルン公爵夫人は婚前に何も聞かされていなかったことに憤り、キッと公爵を睨みつける。

彼は悪びれる様子もなく口を開いた。

「あいつは病弱ですぐ死ぬと思っていたし、成人したとしても公爵の仕事はできないと思ったから言わなかっただけだ！　それの何が悪い！」

「公爵でなくなるというのであれば、結婚などしませんでした！　よくも私を騙してくれたわね！」

「聞かなかったお前が悪い！」

「夫婦喧嘩は後にせよ！」

皇帝の一言で広間は静寂に包まれる。

一番上に立つ人間というのは大変そうだ。

「今日、そなたらを呼んだのはフィルベルン公爵位をエリックに譲渡するためだ。そして、昨日起こったエリック並びにアリアドネとテオドールの誘拐、殺害未遂についての処分を言い渡す必要があったからこそ」

誘拐と殺害未遂と聞いてフィルベルン公爵夫人とアレスの顔色が変わった。

ようやく理解できたのか、二人はフィルベルン公爵を信じられないというような目で見つめている。

「お、夫がやったという証拠があるのですか……？」

「その場に私とリーンフェルト侯爵が居合わせた。フィルベルン公爵は自分が依頼したことを自白している。彼が犯人であることは明らかだ」

「そん、な……」

「母上！」

崩れ落ちたフィルベルン公爵夫人を支えるようにアレスもしゃがみ込む。

「こんな、ことをするなんて……。社交界でどう言われるか……。私の人生終わりだわ」

「俺だって跡継ぎから外されるかもしれないんですよ。学院で笑いものになってしまう……」

呆れたことに彼らは自分達のことしか考えていないようだ。

その場に白けたムードが一気に漂う。

「では、もう説明は不要だな。今日をもってエリック・ルプス・フィルベルンはフィルベルン公爵となる。ニコラス・フィルベルンは公爵位を退いた後、ソリア離宮に移ってもらう」

「あんな皇都の外れの!?」

確かに皇都の外れにはあるが、比較的新しい建物で広いしさほど不便はないはずだ。

静かな場所だし、色々と植物を育てるには良い場所である。

社交界の中心にいたフィルベルン公爵夫人にとっては追放されたと感じるかもしれないけれど。

街に出るのに少々不便かもなと思っていると、皇帝が再び口を開いた。

「ただし、アリアドネ並びにセレネに関してはこれまでと同じくフィルベルン公爵の屋敷で暮らすこととする。養育はエリックに一任し、そなたらとの面会は私の許可なく行えないものとする」

「お待ち下さい！　なぜアレが屋敷に留まるのですか！　それに養育者がエリックになるなど許可できません！」

「私共の扱いに思うところがあるからですか？　ならば、きちんと平等に接しますのであの子だけ屋敷に留まるなど許可なさらないで下さいませ」

てっきり私もソリア離宮に行くものとばかり思っていたから、これは私も驚いた。

元からそういう流れになるはずだったのかと思い、クロードを見ると彼はこちらを見て優しげな笑みを浮かべるのみ。

……全く読めないが、平然としているところを見るとそういうことなのだろう。

「別に私もそなたらのアリアドネに対する態度だけでエリックに託そうと思ったわけではない」

「では、なぜ!?」

「私はアリアドネの毒や薬の知識と技術を買っているのだ。その才能はいずれ帝国の力となる。その人材をきちんとした場所で育てたいと思ったのだ」

「……やはり同じ名を持つから毒に詳しくなったのか……」

「同一視する方がどうかと思うがな。……恐らく独学だろうが、狩猟大会でのあの〝餌〟を見るに、習得するのに相当の努力をしたと思われる」

あれもすでに皇帝の耳に入っていたのか。やはりクロードは見つけて報告していたのだな。

「餌？　ですか」

「そうだ。グアラの茎とフィーレの葉を使ったものだとリーンフェルト侯爵から聞いている。あれは作るのが非常に難しく帝国でも作れる者はそういないほどだ」

「そんなものを娘が作ったのですか!?　なんと恐ろしい……」

あれ、作るのが難しかったのか。

身近にあるし、徒《いたず》らに動物を殺さなくて済むからちょうどいいと使っただけだったのだけれど。

「そういうことではない。その知識と技術があることが素晴らしいと言いたいのだ。今はリーンフェルト侯爵に頼り切りになって専門家の育成があまり上手く行っていないのが現状だ」

「知識がある人は増えましたが、作るとなるとどうしても難しいところがありますからね」

「その通り。なので、アリアドネに毒や薬の教育をしたいと考えている」

「な、何を仰っているのですか！　娘は陰気な性格で人を妬み虐めるような子です。そのような知識を与えたら悪用するに決まっています！」

「これまで悪用したことなどないだろう。報告も上がっていないしな。そもそも、なぜ娘を信用しないのだ……」

皇帝からの問いにフィルベルン公爵はグッと押し黙った。

自分の不倫が原因だからなど口が裂けても言えないだろう。

多分、もう知られているとは思うけれど。

「い、いいえ。信用していないわけではありません。ただ、セレネに対する態度を見ているとどうしても知識を良いことに使おうとしているようには思えなくて……」

「つまり、アリアドネとセレネを一緒にしておくと何をしでかすか分からないということか」

「ええ、その通りです。セレネが苦しむことにはなってほしくないのです。なのでセレネとアレが屋敷に留まることに不安しかないのです」

「だったらちょうどいい。セレネに聞いてみようではないか。セレネ、そなたはアリアドネと一緒に暮らすのは耐えられぬか？」

「むしろお父様達と暮らすことの方が耐えられません。私が家族の中で信頼し愛しているのはお姉様だけですもの」

セレネの言葉にフィルベルン公爵は絶句したままガックリと肩を落とした。

彼女はそんな父親に目も向けず、真っ直ぐに皇帝だけを見つめている。

「私はお姉様のお蔭で自分の至らない点に気付けました。ただ甘やかされるだけでやることなすこと肯定されて自分が正しいのだと勘違いをして酷い態度を取っておりました。ですがお姉様は諦めずに私に、私のために辛抱強く注意して下さった。本当に私のことを思ってくれるのはお姉様だけなのだと気付いたのです」

「貴女……あれだけ贅沢《ぜいたく》しておいてなんてことを言うの！」

「その贅沢はもうしません。エリックお兄様のお屋敷で暮らすことを自覚し、皇室ひいては帝国の足を引っ張らず、皇位継承権を持つ者として恥ずべき行いはしません。ですので、お姉様と離さないで下さい」

切々とした訴えだった。

今、この場で家族と縁を切ろうとしている罪悪感と罪深さを分かっているのか、セレネの手も声も震えている。

「まだ十一歳だというのに立派なことだ。いや、もう十二歳になるんだったな……。立派なお手本が隣にいることで大きくなれたのだろう。その二人を引き離すことはさすがの私でも心が痛む……。そうは思わんかニコラス」

「あ、いえ…………はい……」

「あなた！」

セレネの言葉についにフィルベルン公爵は陥落したようだ。

公爵夫人の方は納得していないようだが、夫の決めたことにこれ以上強く言うことはできないだろう。

「ではもう異論はないとして、この場を終わらせよう。アリアドネ」

「はい」

いきなり私の名前が呼ばれ、背筋を伸ばして皇帝に視線を向ける。

固い声色とは違い、彼の目は慈愛に満ちていた。

「今日からそなたは、アリアドネ・ルプス・フィルベルンだ。ルプスの名に恥じぬようこれからも怠ることなく勉学に励んで欲しい」

「陛下のご期待に応えられるように、また帝国の力となれるよう努力してまいります」

淑女の礼をすると、皇帝は満足そうに何度も頷いた。

こうして、アリアドネの両親とアレスは離宮行きとなり、私とセレネはエリックという養育者を得られたのである。

ちなみに私達はしばらく王城に滞在し、その間に屋敷や離宮の準備をすることとなった。

⚜

王城の暮らしにようやく慣れてきた頃、フィルベルン公爵家の準備が整ったということで迎えが来ることとなった。

「お世話になりました」

「身内の世話をするのは当たり前のことだ。いつでも王城にも遊びにきなさい。……ではエリック、後は任せたぞ」

「はい。アリアドネとセレネ、責任を持って育てていきます」

「そなたらは今までと同じ公爵令嬢ではあるが、立場や状況から色々と言われることもあるかもしれん。だが姉妹で手を取り合って乗り越えて行って欲しい」

皇帝の言葉に私とセレネは「はい」と力強く返事をした。

皇帝夫妻に挨拶をしてエリックに連れられ馬車に乗り、フィルベルン公爵の屋敷へと向かう。

道中、エリックから部屋の場所が移動になったこと。使用人の大半を解雇して新たに雇い直したこと。不必要な物は処分したことを聞かされる。

心なしか彼の顔がゲッソリとしていたので、アリアドネの父の後始末が殊の外大変だったのだろう。

「そろそろ到着ね。…………外観はさほど変わってはいないのね」

「一週間でそこまで変わらないよ。でも、建てたいものや植えたい物があれば遠慮なく言って」

「今のところないけれど、思いつくことがあれば言うわ。それよりエリックお兄様は私達の養育者だけど、立場は兄になるのかしら?」

「一応そうかな。さすがに父親にしては年が近すぎるからね」

一週間しか経っていないとはいえ、セレネはもう両親や兄とのことを切り替えられたらしい。

あまりの聞き分けの良さに我慢している部分もあるのではないかと心配になる。

「私、お姉様が一番好きだけれどエリックお兄様も好きだから、これからの生活が楽しみなの。新生活にワクワクしているのよ」

「順応性が高いというか、好奇心が強いというか。でも、ご両親のことを気にしていないようで安心したかな」

「二度と会えなくなるわけではないもの。お父様のしたことを考えたら寛大な処置だし、これを機にご自分のことを振り返って過ちに気付いてくれたらいいなと思っているわ」

セレネは多分、無理だろうけど、と小声で付け足していた。

随分と現実的な子になったものだ。

「後はもう本人次第だよ。さあ、到着したから降りる準備をして」

エリックの言葉の後で馬車の扉が開き、彼に続いて私達も馬車を降りる。

玄関前には使用人がズラッと並んでおり、私達を温かく出迎えてくれた。

（男女ともに割と年齢層が高めなのね）

見たところ中年、初老の男女が多く、若い人はかなり少ない。

そして、年齢が上の人達は懐かしそうにエリックに視線を向けていた。

「エリック様。もしかして、この方々は二十年前に屋敷に勤めていたのではありませんか？」

「よく分かったね。その通りだよ。叔父上が解雇した人達でね、今回俺が当主になるってことで戻って来てもらったんだ。若い人は彼らの息子や娘」

「やはりそうでしたか……」

ならば、解雇した男の娘である私達はあまり歓迎されないかもしれない。

あからさまでなければ前よりはマシか、でもセレネは傷つくかも、と思っていると恰幅の良い年配の女性が一歩前に出て来た。

「アリアドネ様とセレネ様ですね。エリック坊ちゃまからお話は伺っております。私は侍女長のマーサと申します。私達の主《あるじ》たるお嬢様方に心からお仕えさせていただきます」

優しそうな笑みを浮かべるマーサの目は慈愛に満ちていた。

本当に私達を歓迎してくれているのが分かる。

すると、マーサの隣にいた若い女性二人が同じように一歩前に出て来た。

「こちらは私の娘達です。右がミアでアリアドネ様の専属侍女となります。左がリサでセレネ様の専属侍女です。他にも数名おりますが、まずはお部屋にご案内致します」

ミアとリサが深々と頭を下げ、私達は各々の部屋へと案内される。

背後では使用人達がバタバタと移動している音が聞こえてきた。

忙しいのかな？　と思っている内に部屋に到着する。

「こちらがアリアドネ様のお部屋でございます。旦那様の指示で調合部屋を併設しております」

「素敵だわ」

日当たりが良く、家具も最新のもので上品な色合いで統一されている。

以前の部屋より断然広く、調合部屋まであるなんて最高だ。

「こちらの方が好みというご要望があれば、すぐに対応致します」

「その必要はないわ。エリック様と貴女達が私のために用意してくれた部屋だもの。今のままで十分素敵よ」

部屋を見回してみるが、本当に配色から何から何に至るまでセンスが良い。

さすが元フィルベルン公爵家に仕えていた人達だ。

レベルの高さに感心していると、ふとミアが黙っていることに気が付いた。

「どうかしたの？」

「……いえ。旦那様から軽く事情は伺っておりますが、本当に謙虚で控えめな方なのだと思いまして。そのような方が今までこのお屋敷でどのようなお気持ちで過ごされていたのかと思うと……」

これはアリアドネの父に対する憤り。

彼女の体に入った私が感じた気持ちと同じようなことだろう。

歓迎されないかもと思っていた自分が恥ずかしい。

ミアを始めとする使用人達は私達を被害者であるという立場で見ているのかもしれない。

実際、そうなのだが。エリックが説明してくれたお蔭とも言える。

彼の優しさに感謝しなくては。

「今までは今まで。大事なのはこれからだわ。それに今日は驚くことばかり。まさか私に専属侍女がつくなんて思ってもいなかったもの」

「はい!?　以前は専属侍女がいらっしゃらなかったのですか？」

「ええ。最低限の世話だけで後は自分でやっていたわね。それで困ってはいなかったから別に良かったのだけれど」

「良くありません！」

声を荒らげたミアは小声で「四大名家よ？　皇位継承権を持つ方よ？　ありえない」などブツブツ言っている。

……その気持ちは分かる。

「あ、申し訳ございません。思わず自分の考えが出てしまいました……」

「人間だもの、構わないわ」

淡々と仕事をこなす人よりも、こういった人間味ある人の方が接していても楽しいからむしろその方が良い。

相性が良さそうな人を付けてくれてエリックに感謝だ。

「それよりも、他の部屋を見て回りたいのだけれど案内を頼めるかしら？」

「はい。ですが、もうすぐアリアドネ様とセレネ様の歓迎会を含めた食事会がございますので、全てのお部屋は案内できませんが」

「そのような大それたことはしなくてもいいのに……。エリック様はお優しいんだから」

「お嬢様方の顔見せの意味合いもあるので必要なことでございます」

「確かに玄関では全員と顔を合わせたわけではないものね。では、食事の時間まででいいから案内してもらえるかしら？」

「畏まりました」

そうして短い時間ではあったが、以前と変わった屋敷内を少しだけ案内してもらった。

食事の時間が近づいてきたため一旦部屋へと戻り、食事用のドレスに着替えさせられる。

ただ食べるだけなのにこんなにめかし込む必要があるのかと疑問に思ったが、普通の公爵家ではこれが当たり前のことなのかも？　と思い黙ってされるままになった。

まるで本日の主役のようなドレスとヘアセット、ついでにアクセサリー。

食事のためにここまでするのか？

「……さすがにやり過ぎではないかしら？」

「これでも足りないと思いますが」

「家での食事よね？？？」

「今日は特別ですから。お綺麗な姿を旦那様とセレネ様に見ていただきましょう」

「はあ……」

ミアがなぜここまで気合いを入れるのか見当もつかないが、どうせ見せるのは身内だけだ。

まあ、初日だしいいかと切り替えて私は食堂へと向かう。

食堂に着いて扉が開けられ中に入ると『お誕生日おめでとう！』という大きな紙が天井

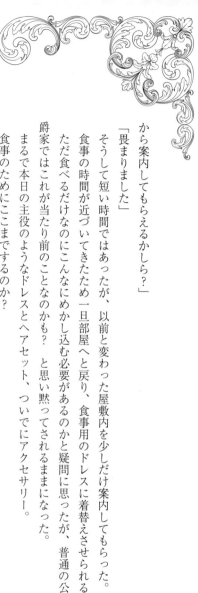

からぶら下がっていたのが目に入った。

食堂に居た全員が私を見て笑顔で拍手している。

後ろにいたミアを見ると、彼女は満足げに微笑んでいた。

（今日がアリアドネの十三歳の誕生日だったなんて！）

日記では読んだ記憶があるが、日付までは確認していなかった。

だからここまでめかし込んだのか……。

しかも、エリックとセレネだけだと思ったらクロードとテオドールもいるではないか。

全く予想もできないサプライズに心底驚いた。

「あ、ありがとうございます……。まさかリーンフェルト侯爵とテオ様までいらっしゃるとは思いませんでした」

「驚きました？」

「ええ。とてもすごく非常に」

「アリアドネ嬢を驚かせることができたのなら、内緒にしていた甲斐《かい》がありますね」

憎らしいあの笑顔。

顎を掴んで揺さぶってやりたい。

……落ち着こう。アリアドネにとっては誕生日を祝ってもらうのは初めてのことだ。

彼女はきっと嬉しいと思うに違いない。

「このようなお祝いの場を設けて下さったことに感謝致します」

「堅苦しいのはなしだよ、アリアドネ。俺が君の誕生日を祝いたかったんだから」

そう言ってエリックは手で摑めるくらいの大きさの箱を私に差し出してきた。

「これは?」

「誕生日プレゼントだよ。食事の後の方がいいかと思ったんだけど、他の人も早く渡したいみたいだから先にと思ってね」

「ありがとうございます……。ここで開けても?」

「もちろん」

お言葉に甘えて私は渡された箱の包装を解いていく。

開けると中には私の目の色よりも濃いサファイアのネックレスが入っていた。

小ぶりで金の装飾がされており、どちらかというと普段使い用といったところだろうか。

社交界に出るのはまだ先なので、すぐに使えそうなアクセサリーがあるのは嬉しい。

「可愛らしいデザインで何にでも合いそうですね。こういったアクセサリーは持っていないので大事に使わせていただきますね」

「気に入ってもらえて嬉しいよ」

「お姉様！　次は私のプレゼントです！」

興奮したように使用人にプレゼントを運んでもらっているが、ちょっと待って欲しい。

数が多くないか？

視認できるだけで十個はあるように思うのだが。

「セレネ、無駄遣いは」

「これは今までの十年分よ！　だから無駄遣いじゃないわ。エリックお兄様から許可はもらっているのだからね」

「エリック様……」

「セレネの気持ちだよ。受け取ってあげて」

気持ちと言われたらそれ以上何も言えないではないか。

苦笑しながらセレネからプレゼントを受け取り、開けて開けて！　とねだる彼女に負けて全て開封していく。

中はリボンやレターセットであったり、ガラス細工にバレッタなど、これも普段使いできそうな実用的なものだった。

私のことを考えて選んでくれたのだと思うとありがたい気持ちになる。

「では次は私かな」

差し出された大きめの箱に私は目を剝いた。

まさかクロードまで？

生前から含めてプレゼントを貰ったことなど一度もなかったと思うのに。

律儀というかなんというか。

ぎこちなく彼から箱を受け取って中を開けると、そこには『最新！　これで全てが分かる毒草、薬草図鑑！』と書かれた分厚い本が入っていた。

………これが一番嬉しいかもしれない。

じっくりと本を見て、ふと著者を見るとそこには『クロード・アクィラ・リーンフェルト』という文字が書かれていた。

自著を贈るな。自慢げな顔をするな。

喜んだ気持ちを返して欲しい。

「俺が一番姉上のことを知っていますからね……！」

小声で囁くんじゃない。その通りだから余計に腹が立つ。

「参考書として活用させていただきます。ミア、部屋に運んでおいてちょうだい」

「畏まりました」

目に付かない場所に置いたところで、気になって結局読むのは自分が一番よく分かっている。

思った通りの反応をする自分が憎い、と額に手を当てていると最後にテオドールが緊張しながら私の前にやってきた。

「誕生日、おめでとう。僕はアリアと会えて友達になれたことが本当に嬉しいよ」

「ありがとうございます。私も仲の良い友人ができてこうして誕生日を祝っていただけることが夢のようです」

「でも僕は……アリアと……友達、以上の関係になりたいなって思ってる」

「え？」

「だからこれを受け取って欲しい」

テオドールは手に持っていた小さな箱から指輪を取り出すと私の左手の薬指にそれをはめた。

ん？　指輪？

「義父上からアリアは人から贈られたアクセサリーは大事に使うって聞いて……それで指輪にしたんだ。いつも身につけていて欲しいな」

「ク、リーンフェルト侯爵が……」

だから人の行動を予想するな。そんなに分かりやすい動きをしていたのか私は。

あとクロードはガッツポーズをするな。セレネは頬を染めるな。エリックは微笑ましいものを見るような目で私を見るな。

左手の薬指にはめた時点で、というかその前に言葉から察していたけれども。

それにしても、私って人から恋愛感情を持たれるような人間だったのか。

人の好意よりも悪意の方が馴染みがあるから、こういった場合どう対応して良いのか。

別にテオドールのことは嫌いではないし、可愛いとも思う。

けれど、これが恋愛感情かと言われると違うような気もする。

私のそんな態度に気付いたのか、テオドールが困ったように笑いながら口を開いた。

「いきなり言われても混乱するよね。でも僕のアリアに対する気持ちは本当だよ。それを知っていて欲しかったんだ。アリアは優しくて魅力的だからライバルがこれから増えるだろうし」

「いいぞテオドール」

「大事な話のときにはやし立てないで下さい、リーンフェルト侯爵」

「だから、アリアの隣に立っても違和感がないくらい相応しい男になるから。そのときに僕を男としてちゃんと見て欲しいんだ」

「もう婚約させてしまいましょうよ」

「まだ時期が早いよ。代替わりして間もないのに他の貴族が反発しちゃう」

「外野の声が大きいのだけれど……！」

セレネはともかく、どうして大人の二人が口を挟むのか。

大事な話を中断させられてテオドールだって良い気分はしないだろうに。

そう思っていたのに、彼は外野の声など聞こえていないようでずっと私だけを見つめている。

「僕だけを見てくれるように頑張るから。よそ見したら、相手の粗探しして冷める情報を手に入れるし」

「テオ様？」

「君を傷つける人がいたら、妹君と連携してアリアを守るよ」

「任せてお姉様！　あと私はセレネよ、テオドール様」

「そこのタッグは不安しかないのだけれど」

雰囲気変わったなとは思っていたけれど、テオドールはどうにも違う方向に行ってないだろうか。

どことなくクロードと似た空気を感じるのは気のせい？

……いや、別の人間なのだからそのような訳がない。

気のせいだ。そう気のせい。きっと気のせい。

「いや～。粗削りだけど私の手腕を叩き込んだだけありますね。さすがテオドール」

純真無垢《むく》な少年に何してるんだクロード。

「ま、まあ。いきなりで驚いたでしょうが、アリアドネにとってこの屋敷での生活が良い記憶から始められそうで俺としては良かったと思います。嫌な記憶の方が多い場所でしょうからね。これからは公爵令嬢として、アリアドネ・ルプス・フィルベルンとして誰かに引け目を感じることなく自由に誇りを持って生きて欲しい」

「…………はい」

アリアドネはこの結果に満足しているだろうか。

本心を知る機会などないから分からないけれど、良かったと思っていてくれたら幸いだ。

貴女からいただいた体で私はこれからも生きていくけれど、決して貴女への敬意は忘れない。

ここから、アリアドネ・ルプス・フィルベルンの生活が始まるのだ。

書き下ろし短編

避暑地にて

At a summer resort.

木々の間から差し込む光に心地よい風。夏だというのに涼しく、木々に囲まれているからか空気も澄んでいる。

湖の水面に光が反射してとても神秘的だ。

鳥のさえずりしか聞こえない静かな……。

「ちょっとテオドール様！　私よりも大きな花を摘んでしまったら目立ってしまうじゃないの！」

「見つけた者勝ちでしょ。妹君こそ、もっと頑張って大きな花を探したらどう？」

「見つけたそばからテオドール様が摘んでいくからよ！」

「だったら、他の場所で探せばいいじゃない」

静か……だったのになあ。

折角、クロードが彼の領地内の避暑地に招待してくれたというのに、旅行先でまで何を小競り合いしているのか。

帝都の夏は日差しが眩しくて気温も高いし、騒がしさから離れられて落ち着けると思ったのにあの二人は夏でも元気だ。

チラリと私の隣に座るクロードを見ると、彼は我関せずといった風に書類に目を通している。

仕事があるなら来なくても良かったのに……と思っていると、セレネが一際大きな声を上げる。

「分かったわよ！　じゃあ、私はあっちの方で探すわ。ついてこないでよね」

「心配しなくても行かないよ」

別の場所に行こうとするセレネだが、周囲にいる護衛騎士は顔を見合わせてどうするべきか悩んでいる。

人数もさほど多くないし、二手に分かれるのは困るのだろう。

彼らからセレネに言うのは角が立つだろうと考えて、私は口を開いた。

「あまり遠くに行ってはダメよ。そもそも大きさで競わなくてもいいじゃないの。自分が綺麗だと思った花を摘めばいいのよ」

「……だって、お姉様に贈るのにテオドール様より劣っている花を贈りたくないのだもの」

そんなことで小競り合いしていたのか……。

花は花でしかないと思うのだが、セレネにとってはおそらく大事なことなのだろう。

より良い物を私にという気持ちは伝わったし、彼女が傷つかないように配慮しながら口を開いた。

「私はセレネがくれた物ならなんでも嬉しいわ。物の大きさで優劣なんて付けないわよ。今だって私のために一生懸命良い花を探してくれているセレネを見ているのだから。心を込めているのは分かっているし、誰かと張り合う必要なんてないのよ」

「……本当に？　私が贈ったものならなんでも喜んでくれる？」

「当たり前でしょう？」

セレネの頬が赤く染まり、目が輝きだした。機嫌が直ったようで一安心である。

「僕のは？」

セレネからテオドールに視線を向けると、彼は下を向いて頬を膨らませてむくれていた。拗ね方が非常に分かりやすい。

あれか。セレネがくれた物ならなんでもというところが気になったのだろうか。

素直だなと微笑ましく思ってしまう。

「私のためを思って選んで下さったのですから、当然テオ様からいただいたものも嬉しく思います。逆の立場で考えてみるとより分かりやすいかもしれませんね」

「逆の立場？」

「ええ。テオ様が私から貰った場合、高級品や物が大きいとかでより嬉しいと思うかどうかとか」

「あ……確かにアリアからだったら気持ちがこもっている物の方が嬉しいかも」

「でしょう？　私も同じなのです。私のことを思って選んで下さったのだなと分かって嬉しくなりますもの」

「物自体の価値より気持ちの方が大事ってことだね」

その通りだ。

偉そうに言っているけれど、この考えになったのはセレネとテオドールの存在が大きい。

生前の私は役に立つかそうでないかで優劣を付けていたから。

周りが見えるようになると、こんなにも世界が違って見えるのかと今でも驚くことばかりだ。

二人は私のお蔭で変わることができた、と事あるごとに言ってくれているが、それは私も同じだ。

真っ直ぐな眼差しで私を見てくれて、好きだと行動でも言葉でも表現してくれて嘘偽りのない本当の気持ちだとぶつけてきてくれた。

だから、私はそれを信用して信頼することができた。

勿論、自分のしたことに後悔して償おうと思って変わった部分もある。

けれど、誰かを気にかけたり優しくしたり助けたりしたのは紛れもなく彼女達の存在が

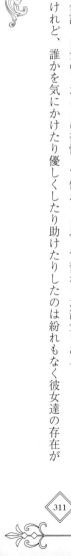

大きい。

周囲の人に育て直してもらっている、と言えばいいのか。

とにかく、私は色々な人に感謝しているということだ。

「テオ様の仰る通りです。全ての人に当てはまるわけではありませんが、私はセレネやテオ様からいただいたものは気持ちのこもった物だと思っておりますし、何であっても嬉しく思います」

「僕もアリアと同じ気持ちだよ」

「わ、私もよ！」

そこでも張り合うのはどうかと思うが、上手くまとめられそうだからまあいいか。

「お姉様に似合う花を沢山摘んで、花束にして贈るわ」

「じゃあ、僕は庭の花を使ってリースを作ろうかな」

「何それ、ズルイ！」

「ドライフラワーにしたら長い時間、目で楽しめるでしょう？」

「それなら私もやるわ」

「いいけど、妹君にできるのかな？」

さっきまで良い感じに話がまとまろうとしていたのに、どうして小競り合いに発展するのか……。

いや、でも喧嘩するほど仲が良いって言うし、これもそういうことなのかしら？

などと思いながら二人の言い合いを聞いていると、前触れなくいきなり肩を軽く叩かれた。

隣を見るとクロードが真面目な顔をして私を覗き込んで口を動かす。

「二人のは何であっても嬉しいって言ってましたけど、俺のけ？」

クロード、お前もか。

大人のフォローはしないわよ。

鼻で笑った私は、まだ言い合いをしている二人を止めようと腰を上げたのだった。

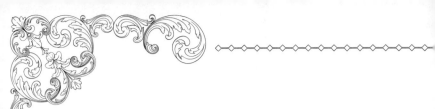

✦弟への贈り物

Gift for my brother.

「できたわ……」

仕上げを施し、私はようやく針と糸から解放される。

「リーンフェルト侯爵家の別荘に来て刺繍なさるご令嬢はアリアドネ様だけだと思いますよ」

「侯爵からの要望なのだから仕方ないでしょう？　私だってこの間みたいに湖に行って景色を楽しみたかったわよ」

「そもそもの疑問なのですが、なぜ刺繍入りのハンカチを親子ほど年が離れているアリアドネ様に頼んだのでしょうか。……失礼かもしれませんが、リーンフェルト侯爵ってそういったご趣味がおありではないですよね？」

侍女であるミアの言葉に私は思わず片手で目を覆い空を仰いだ。

何か大変な勘違いをされている……！　クロードが不憫《ふびん》すぎる……。

けれど言われてみればそうか。私やクロードはあくまで姉弟として接しているが、傍目から見るとそう見えてしまうのも仕方がない。

彼は独身だし浮いた噂もないから謎の説得力が出てしまう。

けれど、実際は全く違うから誤解は解いておかなければ。

「……リーンフェルト侯爵のお姉様の刺繍と私の刺繍が似ていると以前仰っていたから、それで私にお願いしたのではないかしら」

「ですが、妙にアリアドネ様と距離が近いような気がするのですよね」

「狩猟大会や誘拐騒ぎのときに保護して下さったから、守らなければいけないという気持ちになっているのでは？」

「それだけではない敬愛というか……。家族にも似た感情と申しますか……」

「お姉様と名前が同じだから余計にではないかしら……！」

お願いだからそれ以上突っ込みを入れてこないで……！

今、ミアが言ったことは全て私が異母姉だったからで説明できてしまうが、言えるはずもない。

なので、私は頭をフル回転させて理由をひねり出す。

「以前までテオ様と上手く意思疎通が取れていなかったからだと思うわ。私の言葉でテオ様が変わられてリーンフェルト侯爵との仲も縮まったから、それで私に感謝しているのかもしれないわね」

「あら。そういったご事情があったのですね。でしたら、アリアドネ様に対してあのような態度を取られているのも納得です」

「ええ。そうなのよ……」

真実を言えないから遠回りしすぎてグッタリしてしまう。

「じゃあ授業を受けがてらリーンフェルト侯爵に刺繍入りのハンカチを渡してくるわ」

毒や薬に関する授業をクロードから受けている、ことになっているので会いに行く理由ができるのはありがたい。

実際は世間話をしているだけなのだが、知識でいえば私の方があるからこれは仕方がない。

それとクロードに態度に出すなと厳しく言わなければいけない。

ミアに行ってくると挨拶をして私は客室から出て行った。


そんなこんなで私はクロードのいる執務室へとやってくる。

部屋に入った私を彼は満面の笑みで出迎えてくれた。

そういうところだぞ。

君の態度が勘違いさせてしまうのだと思い、私はソファーに座って先ほどミアと話して

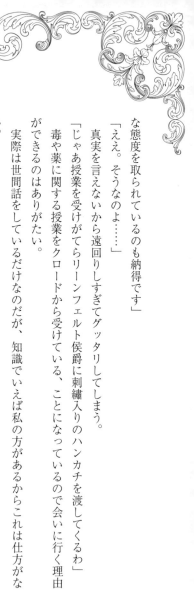

いたことをクロードに説明した。

「ということがあったのよ」

全てを話し終えると、クロードは両手で顔を覆って空を仰いだ。

やっていることが私と同じなところに血の繋がりを感じる。

「とにかく外では私に対する態度は気を付けてちょうだい。不名誉な噂を立てられたくはないでしょう?」

「俺の純粋で汚《けが》れのない姉上への気持ちが踏みにじられたようで納得いきませんね。ですが、今の俺達は姉と弟ではなく赤の他人ですから、はしゃがないように気を付けます」

「はしゃぐような年でもないでしょうに……」

「それは姉上もでしょう? 中身だけなら四十……」

「殺すわよ」

女性の年齢を言うなんて失礼極まりない。

ジロリと睨んで殺気を放つと、クロードは引きつった笑みを浮かべて私から視線を外した。

このデリカシーのなさでよく社交界で生きてこられたものだ。

いや、だから浮いた噂もないし独身なのかもしれない。

そう考えると彼が不憫に思えてきたな。

「あの……何かとてつもなく失礼なことを考えているように思うのですが」

「別に失礼なことなど考えていないわ。ただ、女性の気持ちを理解できないから未だに結婚できないのかしら、と思っていたのよ」

「めちゃくちゃ失礼なことを考えているじゃないですか！　別に結婚できないわけじゃありませんからね！」

「貴方に子供が生まれたら相続が面倒になるからでしょう？　分かっているわよ」

ソファーの肘掛けに手を置いた私は手をヒラヒラとさせて分かっていてからかったことを伝える。

だが、クロードは暗い顔をして下を向いてしまった。

何かおかしなことでも言っただろうか。

「……別に俺に子供ができても皇帝陛下との契約の書面がありますし、天地がひっくり返ってもテオドールの地位は揺らがないから大丈夫ですよ」

「あら、そうなの。じゃあ結婚しないだけなのね。帝国を守った立役者なのにもったいないわね」

「本当にそう思ってます？」

クロードは疑うような眼差しを向けてくる。

実際、そう思っているのだから嘘などついていないし本心だ。

「自信家なところがあるのかと思っていたけれど、随分と自分の評価が低いのね」

「だって、考えてもみて下さいよ。俺に流れている血の半分はアレの血ですよ？　姉上だったら後世にアレの血を残したいと思いますか？」

「…………話題の選択肢を間違えたようね。悪かったわ」

「お分かりいただけたようで何よりです。なので、俺は今後も結婚するつもりもお付き合いすることもありませんよ」

クロードの気持ちも分かるからこれ以上、話題を広げるのはやめておこう。

もしかしたら、リーンフェルト侯爵になったのも結婚しなくていい理由になるからという思惑があったのかもしれない。

幸せになって欲しいけれど何が幸せかは本人が決めることだしね、と思っているとクロードがおもむろに口を開いた。

「ところで、姉上はテオドールをどう思いますか？」

「唐突ね」

「どう思いますか？」

顔が必死すぎる。

テオドールをどう思うかなんて大きな問題でもないだろうに。

でも言わないとずっと聞かれそうだから答えておこう。

「……そうね、昔のクロードに似ていると思うわ。素直で裏表がなくて可愛げがあって。まあ、クロードに可愛げはなかったけれど」

「さりげなく俺に対して余計な一言を付け加えるのやめて下さいよ」

「だって一緒にしたらテオドールに悪いと思って……」

「さっきから繊細な俺のガラスの心臓を物凄い勢いでパリンパリン割ってきますね……！」

何をそんなに半泣きになることがあるというのか。

三十八歳にもなろうという男の涙目など可愛くもなんともない。

「落ち着きなさいよ、三十八歳児」

「もうじき三十九歳です……！」

「え？　もうすぐ誕生日なの？」

「日にちまで覚えて欲しいとは思ってませんでしたけど、季節くらいは覚えてて欲しかったなー！」

……生まれた季節いつだ？

生前でも誕生日を祝った記憶がないから本気で分からない。

「いえ、大丈夫です。以前の姉上が俺をそこまで詳しく知ろうとしていなかったのは分かっていますから。でも、これからは俺の誕生日を祝ってくれますよね……！」

期待に満ちた眼差しで見つめてくるじゃないか。

まあ、弟の誕生日を知らなかったのは私の落ち度だし、去年は私の誕生日を祝ってくれたからややらないのはフェアじゃない。

「クロードの言う通りね。ということで、これを贈るわ。さっき刺繍したばかりのハンカチよ」

「俺が頼んでいたやつを誕生日の贈り物にしないでくれませんか!?」

「手持ちがこれしかないのだから仕方ないでしょう? 嫌なら帝都のお店で買うわよ」

「弟に対しての扱いが雑すぎる……。いや、でもこうして普通に会話できるのが夢だったからそれはそれでいいのか?」

ブツブツと何を言っているのやら。

今も昔も考えていることが読めない男である。

「ともかく、刺繍入りのハンカチはありがたく頂戴します。あと誕生日の贈り物は別に用意していただかなくて大丈夫です。姉上と軽口を叩き合う関係になれたことが一番の贈り物ですから」

「そう。私も貴方がどうしているのか気になっていたから、正体を明かせて良かったと思っているわ」

「俺も姉上とまた会えて本当に嬉しいです。それとテオドールのこともよろしくお願いします。仲良くしてやって下さい」

「もちろんよ。貴方も親として心配な部分もあるのでしょうけれど、あの子はとても良い子だし聡い子だわ。将来が楽しみね」

「そういうことでのよろしくではないのですが、まあ今はいいです」

クロードの言い方から、彼がどういった意味で言っていたのか把握した。

恋愛関係に発展するのは大分難しいと思うのだけれど。

「……年齢差を考えなさいよ」

「一歳差なんて何も問題ないじゃないですか。お似合いですよ」

「見た目の問題じゃ…………これ絶対に平行線で終わる話題だから、これ以上はやめておくわ」

「賢明な判断だと思いますよ」

ニコニコと笑っているクロードが憎たらしい。

なんだか知らない間に外堀を埋められているような気がするのだけれど。

別にテオドールのことは嫌いではないし可愛いと思うし、家同士の繋がりを考えて婚約するとなったら素直に受け入れられるとは思う。

大半の貴族は政略結婚が当たり前だから、愛し合って婚約まで行くのは非常に稀だ。

けれど、クロードやセレネは私とテオドールが政略結婚ではなく心から愛し合って結ば

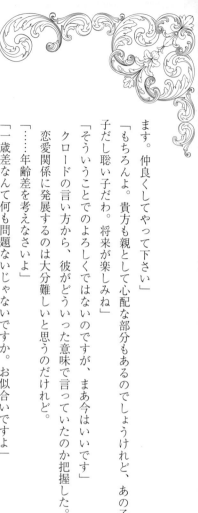

れて欲しいという気持ちを持っている。

私だって冷めた関係よりかは信頼関係を築ける真っ当な相手と結婚したいと思う気持ちはある。

……あるのだが、それでもクロードに言っておきたいことがある。

自分の義理の息子を姉に差し出すんじゃない……！

Profile

［著］ 白猫 Shironeko

初めまして白猫と申します。お酒と猫が好きな人間です。
ゲームも好きで某MMOでプレイしていたりしてます。
雑多な趣味がある人間ですが、よろしくお願い致します。

［画］ 八尋八尾 Yao Yahiro

尻尾が九つあったので一つあげました。
朝日とともに眠りにつき、日没頃起き始めます。
白猫先生の文とともにアリアドネ様の鋭く妖しい美しさを
感じていただけましたら幸いです。

気弱令嬢に成り代わった元悪女　01

2024年1月30日　初版発行

著　白猫

発行者　山下直久
編集長　藤田明子
担当　山崎悠里
装丁　AFTERGLOW
編集　ホビー書籍編集部
発行　株式会社KADOKAWA
〒102-8177 東京都千代田区富士見2-13-3
電話 0570-002-301（ナビダイヤル）
印刷・製本　図書印刷株式会社

Printed in Japan　ISBN 978-4-04-737713-4　C0093

次巻予告
Story
Kiyowa reijou ni narikawatta motoakujo

Next ―

エリックの元で暮らすようになってから二年後、
貴族子女が通う学院へ入学することになったアリアドネ。
入学早々、皇太子からある依頼が舞い込んできて――？

学院生活でも
〝毒〟の知識で大活躍!?

気弱令嬢に成り代わった元悪女 第2巻

２０２４年春 発売予定！